जब हम फिर मिले

एक रोमांटिक समय-पार प्रेम कहानी

दुधेश्वर प्रसाद कंवर

Made with ♥ on the Notion Press Platform
www.notionpress.com

? समर्पण (Dedication)

"उन आत्माओं के नाम,
जिन्होंने प्रेम किया — भले ही समय उनके विरुद्ध था।

उन अधूरी कहानियों के नाम,
जो खत्म नहीं हुईं, बस किसी और जन्म में पूरी होने चली गईं।

और उस एक आत्मा के नाम —
जो हर जन्म में लौट आती है,
सिर्फ़ एक मुस्कान और एक 'फिर मिलने' के लिए।"

क्योंकि सच्चा प्रेम न आरंभ जानता है, न अंत —
वह बस बना रहता है, ब्रह्म की शांति की तरह...

क्रम-सूची

क्रम-सूची

प्रस्तावना

?? प्रस्तावना (Preface)

कभी-कभी, प्रेम किसी कहानी का हिस्सा नहीं होता —
बल्कि कहानी ही प्रेम बन जाती है।

"जब हम फिर मिले" ऐसी ही कहानी है —
जहाँ प्रेम, दूरी, और आत्मा — तीनों समय की सीमाओं को तोड़ देते हैं।

यह कहानी आरव और आर्या की है —
दो आत्माएँ जो पहली बार बारिश में मिलीं,
फिर वक़्त ने उन्हें अलग कर दिया।
एक गया, एक रुका,
पर दोनों के भीतर एक अधूरा वादा धड़कता रहा —
"हम फिर मिलेंगे..."

बरसों बाद, जब वे फिर आमने-सामने आए,
तो शब्दों की ज़रूरत नहीं पड़ी —
क्योंकि प्रेम कभी बोलता नहीं,
वह बस महसूस होता है।

यह उपन्यास केवल दो पात्रों की यात्रा नहीं है,
बल्कि उस आध्यात्मिक प्रेम की अभिव्यक्ति है
जो हर जन्म में, हर रूप में,
अपने दूसरे हिस्से को ढूँढ़ लेता है।

यह कथा आपको यह सोचने पर मजबूर करेगी —
क्या प्रेम वास्तव में समय से बड़ा नहीं है?
क्या आत्माएँ हर जन्म में एक-दूसरे को पहचान नहीं लेतीं?

हर पृष्ठ में एक प्रतीक्षा है,
हर अध्याय में एक पुकार है,
और अंत में —
एक शांति है, जहाँ प्रेम "ब्रह्म" बन जाता है।

– दुधेश्वर कंवर

भूमिका

?? भूमिका (Foreword)

हर लेखक के भीतर एक कहानी होती है
जो उसकी आत्मा का हिस्सा बन जाती है —
"जब हम फिर मिले" मेरे लिए वही कहानी है।

यह उपन्यास सिर्फ कल्पना नहीं,
बल्कि उन भावनाओं का पुनर्जन्म है
जो हर संवेदनशील हृदय ने कभी न कभी महसूस किया है।

जब मैंने इस कथा को लिखना शुरू किया,
तो यह केवल आरव और आर्या की यात्रा नहीं थी —
बल्कि मेरे भीतर छिपे उस "अनंत प्रेम" की खोज थी
जो समय, दूरी और मृत्यु से भी परे है।

"जब हम फिर मिले" की कहानी तीन भागों में बँटी है —
पहला भाग, जहाँ प्रेम जन्म लेता है,
दूसरा, जहाँ समय उसे परखता है,
और तीसरा, जहाँ प्रेम शरीर नहीं, आत्मा में रूपांतरित हो जाता है।

यह पुस्तक उस सत्य को प्रकट करती है
कि प्रेम केवल मनुष्यों के बीच का भाव नहीं,
बल्कि एक कॉस्मिक एनर्जी है —
जो हर जन्म, हर युग में, अपने स्वरूप को ढूँढ़ लेती है।

आरव और आर्या का पुनर्मिलन
सिर्फ़ दो लोगों का मिलन नहीं,
बल्कि दो चेतनाओं का संगम है —
जहाँ प्रेम, ब्रह्म, और शांति एक हो जाते हैं।

यदि इस पुस्तक को पढ़ते हुए
आपके भीतर कोई पुरानी याद, कोई अधूरा नाम,
या किसी की मुस्कान की झलक जाग जाए —
तो समझिए, आपकी आत्मा ने भी
किसी को कभी "फिर मिलने" का वादा किया था...

– दुधेश्वर कंवर
(लेखक)

आमुख

? कथानक सारांश (Story Theme):

कहानी दो आत्माओं की है जो पहली बार कॉलेज में मिली थीं। एक अधूरी प्रेमकथा जो समय के साथ खो गई — लेकिन भाग्य ने उन्हें फिर से मिलाया, तब जब दोनों की ज़िंदगी ने उन्हें बहुत कुछ सिखाया था।

कभी न कहे गए शब्द, अधूरे वादे, और दिल की वो चुप आवाज़...

क्या इस बार किस्मत उन्हें साथ रख पाएगी?

Copyright Page (कॉपीराइट सूचना):

जब हम फिर मिले

ISBN Number : 978-93-344-4630-2

प्रकाशन वर्ष: 2025

भाषा: हिन्दी (देवनागरी)

संस्करण: Printed & Published Notion Press (Worldwide Distribution)

पावती (स्वीकृति)

? अस्वीकरण (Disclaimer)

यह पुस्तक दिल और आत्मा की भाषा में कही गई एक कल्पना–कथा है।
इसके पात्र, स्थान और घटनाएँ लेखक की रचना हैं।
यदि कहीं कोई छवि, नाम या प्रसंग आपके जीवन से मिलता–जुलता लगे,
तो समझ लीजिए — यह केवल संयोग का खेल है, न कि कोई सत्य।
इसका उद्देश्य केवल प्रेम, आत्मिक बंधन और अनंत यात्रा की अनुभूति कराना है।
यह किसी व्यक्ति, समाज, परंपरा या धर्म के प्रति न तो टिप्पणी है,
न ही कोई आलोचना।
सच्चा प्रेम हमेशा शब्दों से परे होता है —
यह पुस्तक केवल उसका प्रतिबिंब है,
जो आपके मन को छू सके, और आत्मा को उसकी गहराई में ले जाए।

1

वो जुलाई का महीना था।

शहर की गलियाँ बारिश से भीग रही थीं — जैसे किसी पुराने गीत की धुन पर झूमती हों।

हवा में मिट्टी की सोंधी खुशबू थी, और आसमान में धुंधला-सा उजाला।

आर्या अपने दुपट्टे को सिर पर संभालते हुए कॉलेज के गेट की तरफ दौड़ी जा रही थी।

बारिश अचानक तेज़ हो गई थी, और उसके कदमों की रफ़्तार भी।

वो चाहती थी कि उसकी डायरी — जिसमें उसके सारे सपने, ग़ज़लें और अधूरी कविताएँ थीं — भीगने से बच जाए।

उसी पल, उसने देखा —

एक लड़का खड़ा था, कॉलेज के गेट के ठीक सामने।

हाथ में एक पुरानी छतरी थी, लेकिन उसकी नज़रें किसी और चीज़ पर थीं।

बारिश के बीच वह किसी कैनवास को देख रहा था — जैसे आसमान को रंगों में कैद कर लेना चाहता हो।

आर्या कुछ पल के लिए ठिठक गई।

क्यों पता नहीं, मगर उसकी चाल रुक गई।

बारिश की बूँदें उसके चेहरे से फिसल रही थीं।

वो अपनी पलकों पर ठहरती हर बूँद को झटकना भूल गई थी।

शायद क्योंकि उसकी आँखें अब किसी और की आँखों में खो गई थीं।

वो लड़का — आरव — पल भर को मुस्कुराया।

धीमी, सहज, मगर दिल में उतर जाने वाली मुस्कान।

फिर उसने अपनी छतरी उसकी ओर बढ़ा दी।

“बारिश रोकने का नहीं, साथ बाँटने का नाम है,”

उसने कहा था — जैसे कोई शेर कह गया हो।

आर्या ने छतरी थाम ली।

उनके बीच की दूरी अब कुछ कदमों की रह गई थी।

दोनों की हथेलियाँ छू गईं — एक पल के लिए ही सही — मगर उस पल ने कुछ कह दिया था।

कॉलेज के गेट से अंदर जाते हुए दोनों के बीच कोई शब्द नहीं था,
सिर्फ बूँदों की आवाज़ और दिल की धड़कनों की लय थी।
क्लास में पहुँचने के बाद भी आर्या की उँगलियाँ वही एहसास ढूंढ रही थीं।
वो सोच रही थी —
"कौन था वो?
नाम क्या होगा उसका?
कला पढ़ता है या दिल?"
दूसरी ओर, आरव अपनी स्केचबुक में कुछ बना रहा था —
एक लड़की, जो बारिश में मुस्कुरा रही थी।
चेहरा अधूरा था, आँखें धुंधली थीं —
शायद इसलिए कि वो अब भी उसकी आँखों में टिका हुआ था।
बारिश थम चुकी थी।
लेकिन उनके दिलों में जो कुछ भी शुरू हुआ था —
वो रुकने वाला नहीं था।
? उस शाम...
कॉलेज की कैंटीन में दोनों फिर टकरा गए।
आर्या अपनी कॉफी लेकर बैठी ही थी कि किसी ने धीरे से कहा —
"तुम्हारी डायरी उस दिन गेट के पास गिर गई थी।"
आरव ने मुस्कुराते हुए डायरी उसकी ओर बढ़ाई।
आर्या का दिल जैसे एक पल को ठहर गया।
"तुमने खोली तो नहीं?"
उसने हल्की मुस्कान के साथ पूछा।
"बस उतना जितना बारिश ने खोला था..."
उसने कहा, और उसकी नज़रों में शरारत थी।
आर्या का चेहरा हल्का लाल हो गया।
उसने डायरी थाम ली, जैसे दिल की कोई गुप्त बात वापस पा ली हो।
उस दिन के बाद बारिश थमी नहीं —
वो उनके बीच बसती रही, हर नज़र में, हर मुस्कान में।
कभी छतरी के नीचे, कभी शब्दों के बीच,
वो दोनों जैसे एक अनकही कहानी के पात्र बन गए।
और यूँ, एक बारिश ने दो ज़िंदगियों को मिला दिया।
पहली नज़र का असर इतना गहरा था,
कि दोनों के दिल में वो पल हमेशा के लिए ठहर गया।
"कभी-कभी ज़िंदगी पूरी नहीं होती,

बस एक मुलाक़ात ही काफी होती है —
यादों में जीने के लिए...” ??

2

अगले दिन कॉलेज में सूरज था, लेकिन ज़मीन अब भी गीली थी।

हर पेड़ की पत्तियों पर बारिश की बूंदें ऐसे लटक रही थीं, जैसे रात का सपना अब भी बाकी हो।

आर्या कैंटीन की तरफ जा रही थी, हाथ में वही डायरी थी — जिसे कल किसी अनजान ने लौटाया था।

लेकिन अब वो डायरी सिर्फ उसका राज़ नहीं थी...

उसके हर शब्द के बीच अब किसी की मुस्कान घुल गई थी।

कॉफी लेने के बाद उसने देखा — वही लड़का, वही मुस्कान, और वही सादगी।

आरव अपने स्केचबुक में कुछ बना रहा था।

पास जाकर झाँकने की कोशिश की —

कागज़ पर कुछ अधूरी रेखाएँ थीं, और उनमें उभरती थी वही बारिश वाली छवि।

"तुम फिर बारिश बना रहे हो?"

आर्या ने हल्के से पूछा।

आरव ने मुस्कुराकर कहा,

"बारिश नहीं... वो पल बना रहा हूँ जब तुम भीगी थी, मगर मुस्कुरा रही थी।"

आर्या एक पल के लिए चुप रही।

फिर बोली —

"इतना देखते हो सब? तुम तो खतरनाक इंसान हो।"

"देखता तो हूँ... पर कहता नहीं,"

आरव ने उत्तर दिया।

दोनों की हंसी मिलकर हवा में तैर गई।

और शायद, वहीं से उनकी दोस्ती शुरू हुई।

क्लास खत्म होने के बाद दोनों एक साथ कैंपस के गार्डन में बैठ गए।

आर्या ने अपनी डायरी खोली,

"तुम्हें कविता पसंद है?"

"कभी-कभी,"

आरव बोला, "पर असली कविता तो वही होती है जिसे महसूस किया जाए।"

"मतलब?"

"मतलब... जैसे कल जब बारिश में तुम थी, और हवा तुम्हारे बालों में उलझ रही थी — वो नज़ारा कविता था।"

आर्या ने सिर झुका लिया।

दिल धक से हुआ।

वो शब्द नहीं ढूंढ पा रही थी — शायद इसलिए कि वो जो महसूस कर रही थी, उसे कोई शब्द नहीं थे।

दिन बीतते गए।

अब हर सुबह की शुरुआत एक मुस्कान से होती थी,

हर लंच टाइम में एक कॉफी शेयर होती थी,

हर क्लास के बाद एक छोटी सी वॉक।

आर्या की डायरी में अब कविताएँ नहीं, यादें लिखी जाने लगी थीं।

वो हर शाम लिखती —

"आज वो फिर मिला... और फिर कुछ कह गया जो मेरे दिल में रह गया।"

दूसरी ओर, आरव अपने स्केचबुक में रोज़ कुछ नया बनाता।

कभी आर्या की आँखें,

कभी उसके बालों की लहरें,

कभी वो पल जब उसने उसकी छतरी थामी थी।

एक दिन दोनों लाइब्रेरी में बैठे थे।

आर्या ने धीरे से कहा,

"तुम हमेशा मुझे देखकर मुस्कुराते क्यों हो?"

आरव ने जवाब दिया,

"क्योंकि तुम्हारी आँखों में वो शांति है जो मैं तलाशता हूँ।"

वो क्षण स्थिर हो गया।

कहीं कोई आवाज़ नहीं थी।

बस दो धड़कनों की गूंज थी, जो एक ही लय में चल रही थी।

धीरे-धीरे कॉलेज की गलियाँ अब उनके लिए अपनी लगने लगी थीं।

कॉफी की महक में अब दोस्ती का स्वाद था।

क्लास की खिड़की से आती धूप में अब उनकी परछाइयाँ थीं।

एक शाम आर्या ने अपनी डायरी उसे पढ़ने दी।

आरव ने हर पंक्ति को ऐसे पढ़ा जैसे कोई कविता नहीं, बल्कि किसी का दिल पढ़ रहा हो।

आख़िरी पंक्ति थी —

"शायद मैं उसे जानती हूँ, लेकिन कह नहीं पाऊँगी।"

आरव ने मुस्कुराया —
"तो लिख दो... शायद किसी दिन वो पढ़ ले।"
आर्या मुस्कुरा दी।
वो जानती थी, वो "कोई" अब सामने बैठा है।
पर अब भी उस एहसास को नाम देना बाकी था।
"दोस्ती में एक पल ऐसा आता है,
जब दिल कुछ कहता नहीं... मगर सब कह जाता है।" ?
उस शाम दोनों ने साथ चलना शुरू किया —
किसी मंज़िल के लिए नहीं, बस साथ रहने के लिए।

3

❤? अध्याय 3 आर्या की डर और आरव का हिम्मत

कॉलेज की वो दोपहर किसी और दिन जैसी नहीं थी।

पेड़ों की पत्तियाँ हवा में हिल रही थीं, और आसमान में हल्की धूप थी।

आर्या अपनी नोटबुक लेकर लॉन के कोने में बैठी थी।

आँखों में एक सन्नाटा था — जैसे कोई अधूरी बात भीतर घूम रही हो।

आरव पास आया,

हाथ में दो कॉफी थीं।

"एक तुम्हारे लिए, क्योंकि तुम्हारा चेहरा बता रहा है कि तुम्हें इसकी ज़रूरत है।"

आर्या ने हल्की मुस्कान दी।

"तुम हमेशा कैसे पहचान लेते हो कि मैं कुछ सोच रही हूँ?"

"क्योंकि तुम्हारी चुप्पी भी बोलती है,"

आरव ने कहा,

"बस सुनने वाला होना चाहिए।"

आर्या ने नज़रें झुका लीं।

कॉफी की भाप में अब उसके आँसू छिपे थे।

कुछ देर तक दोनों चुप रहे।

हवा के साथ कुछ सूखे पत्ते उड़े और उनकी किताबों पर आ गिरे।

आरव ने एक पत्ता उठाया,

"देखो, ये भी गिरता है... पर हवा इसे फिर उड़ा ले जाती है। डरना नहीं चाहिए गिरने से।"

आर्या के होंठ काँपे।

"आरव... मुझे डर लगता है।"

"किससे?"

"प्यार से..."

वो शब्द जैसे उसकी आत्मा से निकले हों।

धीरे, मगर सच्चे।

आरव ने कुछ नहीं कहा।

सिर्फ उसकी आँखों में देखने लगा।

“डर लगता है कि अगर मैं किसी को दिल से चाह लूँ, तो वो कहीं चला न जाए। जैसे पापा चले गए... जैसे मेरे सारे अपने एक-एक कर के मुझसे दूर होते गए...”

उसके स्वर में एक टूटन थी।

आरव ने उसका हाथ थाम लिया।

“सब कोई छोड़कर नहीं जाता, आर्या।”

“लेकिन अगर चला गया तो?”

“तो मैं रह जाऊँगा।”

वो वाक्य सीधा आर्या के दिल में उतर गया।

जैसे किसी ने उसके डर को छूकर कहा हो — “अब तुम अकेली नहीं हो।”

शाम होने लगी थी।

सूरज की आख़िरी किरणें उसकी आँखों में पिघल रही थीं।

आरव ने मुस्कुराते हुए कहा,

“जानती हो, डर को जीतने का सबसे अच्छा तरीका क्या है?”

“क्या?”

“किसी को इतना सच्चा चाहो कि डर को भी भरोसा हो जाए।”

आर्या हँस दी।

पहली बार उसकी हँसी में हल्कापन था —

जैसे कोई बोझ उतर गया हो।

रात को, जब वो घर लौटी,

उसने अपनी डायरी खोली और लिखा —

“आज उसने मेरा डर सुना... बिना कुछ कहे।

शायद यही भरोसा होता है।”

वो पन्ना उसने बंद किया,

पर दिल खुल गया था।

अगले दिन दोनों कॉलेज के आर्ट एग्ज़िबिशन में गए।

आरव ने वहाँ एक पेंटिंग लगाई थी —

बरसात में खड़ी एक लड़की की, जिसकी आँखों में धूप थी।

आर्या वहीं रुक गई।

“ये... ये मैं हूँ?”

आरव मुस्कुराया।

"तुम नहीं — तुम्हारी वो झलक, जो अब डरती नहीं।"
आर्या ने पहली बार उसकी आँखों में कुछ देखा...
एक सच्चा अपनापन।
"कभी-कभी किसी का साथ शब्दों से नहीं,
बस खामोशी से मिलता है —
और वही सबसे ज़्यादा सुकून देता है।" ?
उस दिन से उनके बीच कुछ बदल गया।
अब वो केवल दोस्त नहीं रहे।
अब हर नज़र में एक अनकहा वादा था —
कि चाहे कुछ भी हो, वो एक-दूसरे का साथ नहीं छोड़ेंगे।

4

(अब कहानी एक प्यारे और कोमल मोड़ पर है —
जहाँ पहली झिझक पिघल चुकी है,
और अब उनके बीच खिल रही है मासूम मोहब्बत।
यह वह अध्याय है जहाँ दिलों में भाव तो हैं, पर शब्द अब भी कम हैं —
छोटे वादे, हल्की हंसी, और धीरे-धीरे पनपता विश्वास।)

कॉलेज के दिन अब पहले जैसे नहीं रहे थे।
हर सुबह आर्या की मुस्कान में एक नई चमक थी,
और हर शाम आरव की आँखों में वही सुकून।
कॉलेज के गार्डन में उनकी रोज़ की मुलाक़ात अब एक आदत बन चुकी थी।
कभी वे बेंच पर बैठकर कविताएँ पढ़ते,
कभी बस खामोश रहते,
और कभी एक-दूसरे पर हँसते रहते जैसे दुनिया में कोई चिंता ही न हो।
एक दिन, क्लास में प्रोफेसर देर से आए।
सारी क्लास में शोर था।
आरव धीरे से बोला —
"चलो, कैंटीन चलते हैं। जब तक प्रोफेसर आएँगे, हम वापस।"
आर्या मुस्कुराई,
"तुम्हें पता है, हर बार ऐसे ही कहते हो और फिर पूरा पीरियड वहीं बीत जाता है।"
"तो आज वादा रहा — सिर्फ पाँच मिनट।"
"ठीक है, पाँच मिनट।"
लेकिन जब वे लौटे, तो पूरा घंटा बीत चुका था।
प्रोफेसर क्लास में थे और दोनों के चेहरे पर वही शरारती मुस्कान।
"पाँच मिनट के वादे की ये हालत है, बड़े वादों का क्या होगा?"
आर्या ने कहा।
आरव हँस पड़ा,

"बड़े वादे निभाने के लिए नहीं, महसूस करने के लिए होते हैं।"

उस दिन कैंटीन में कॉफी के साथ उनकी बातें बहुत देर तक चलती रहीं।

आर्या ने कहा —

"जानते हो, मुझे डर लगता है वादों से।"

आरव बोला —

"क्यों?"

"क्योंकि लोग कहते हैं और भूल जाते हैं।"

आरव ने कप टेबल पर रखा और उसकी ओर झुककर बोला —

"तो मैं एक वादा करता हूँ —

मैं अगर कहूँगा, तो भूलूँगा नहीं।"

आर्या कुछ नहीं बोली।

बस उसकी आँखों में देखा —

वहाँ कोई झूठ नहीं था।

दोपहर में दोनों कॉलेज के पीछे वाले गार्डन में गए।

वहाँ नीम का एक पुराना पेड़ था, जिसकी शाखाओं पर हवा के साथ छोटे-छोटे कागज़ के टुकड़े उड़ते थे — किसी ने वहाँ अपनी ख्वाहिशें बाँधी थीं।

आरव ने कहा,

"चलो, तुम भी एक ख्वाहिश बाँधो।"

आर्या ने पूछा,

"तुम बाँधोगे?"

"नहीं, मैं तुम्हारी ख्वाहिश पूरी करूँगा।"

आर्या ने एक कागज़ पर लिखा —

"काश यह साथ यूँ ही बना रहे।"

आरव ने उसे नीम की शाख पर बाँध दिया।

हवा चली, और वो कागज़ उड़ते हुए आसमान की तरफ झूल गया।

"अब यह तुम्हारी ख्वाहिश नहीं रही,"

आरव ने मुस्कुराकर कहा,

"अब यह मेरी ज़िम्मेदारी है।"

आर्या की आँखों में हल्की नमी थी।

पर वो आँसू नहीं थे — वो भरोसे की नमी थी।

क्लास के बाद, दोनों साइकिल लेकर कैंपस के बाहर तक चले गए।

सड़क के किनारे छोटी-सी चाय की दुकान थी।

आरव ने कहा,

"यहाँ की चाय दुनिया की सबसे अच्छी है।"

आर्या ने कहा,
“हर जगह की चाय तुम्हें सबसे अच्छी लगती है।”
“क्योंकि साथ तुम्हारा होता है।”
आर्या मुस्कुरा दी।
अब उसकी हँसी में शरारत थी, और आँखों में अपनापन।
रात को आर्या ने अपनी डायरी में लिखा —
“आज उसने एक वादा किया,
बिना माँगे, बिना वजह।
शायद यही वादे दिल में जगह बना लेते हैं।”
वहीं, आरव अपनी स्केचबुक में कुछ बना रहा था —
दो कप कॉफी, और बीच में दो हथेलियाँ जो बस छूने वाली थीं।
“कभी-कभी रिश्ते वादों से नहीं,
छोटी मुस्कानों से बनते हैं —
और वही सबसे लंबे चलते हैं।” ?
उस रात दोनों एक-दूसरे को मैसेज किए बिना नहीं सोए।
सिर्फ इतना लिखा गया —
“आज का दिन अच्छा था।”
“हाँ, शायद कल और बेहतर हो।”
और उस ‘कल’ का इंतज़ार अब उन्हें हर सुबह खींच लाता था —
कॉलेज की उसी बेंच तक,
जहाँ उनकी हंसी से वक्त भी मुस्कुराने लगा था।

5

(अब कहानी अपने पहले भावनात्मक टकराव पर पहुँच रही है —
जहाँ दोस्ती और प्यार की सीमाएँ धुंधली होने लगती हैं।
दिल में बहुत कुछ कहने को होता है, पर एक गलतफ़हमी... और सब उलझ जाता है।
यह वह पल है जहाँ दोनों के रिश्ते को पहली बार इम्तिहान का सामना करना पड़ता है।
बारिश अब नहीं है, मगर दिलों में कुछ गीला-सा है —
कुछ अधूरा, कुछ अनकहा।)
वो शुक्रवार की दोपहर थी।
कॉलेज में वार्षिक कला प्रदर्शनी चल रही थी।
हर तरफ रंगों, संगीत और हंसी का शोर था।
आरव अपनी पेंटिंग के पास खड़ा था,
और आर्या दूर से देख रही थी —
उसकी पेंटिंग में वही थी।
नीली ड्रेस में, हाथों में कॉफी का कप, और पीछे हल्की बारिश।
वो मुस्कुरा दी।
लेकिन तभी उसने देखा —
आरव के साथ एक लड़की खड़ी थी।
वो पेंटिंग देखकर कह रही थी,
"वाह, कितनी सुंदर बनाई है तुमने। यह तुम्हारी कोई खास दोस्त है क्या?"
आरव हँसा,
"बस एक खास इंसान है..."
आर्या के दिल में कुछ टूट गया।
वो नहीं जानती थी क्यों,
पर उस शब्द 'बस' ने कुछ चुभा दिया।
वो बिना कुछ कहे वहाँ से चली गई।
पूरी शाम उसकी आँखें नम थीं।
डायरी खोली, लेकिन कलम नहीं चली।

"कभी-कभी एक शब्द बहुत भारी होता है..."
अगले दिन कॉलेज में जब आरव मिला,
उसने पूछा —
"कल कहाँ गायब हो गई थी?"
"कहीं नहीं।"
स्वर ठंडा था।
"कुछ हुआ क्या?"
"नहीं। बस यूँ ही।"
आरव कुछ समझ नहीं पाया।
वो वही थी, पर अब चुप थी।
उसकी आँखों में मुस्कान नहीं, दूरी थी।
कैंटीन में दोनों साथ बैठे,
मगर अब बीच में चुप्पी थी।
कॉफी ठंडी हो चुकी थी।
आरव ने कहा,
"तुम मुझसे कुछ छिपा रही हो।"
"और अगर छिपा रही हूँ, तो क्या?"
"मतलब कुछ तो है।"
आर्या की आँखों में नमी थी।
"कभी-कभी लोग कहते हैं — मैं खास हूँ,
फिर किसी और के साथ हँसते हैं।
शायद मुझे उम्मीद नहीं रखनी चाहिए थी।"
आरव चुप हो गया।
उसने धीमे से कहा,
"अगर कोई तुम्हें खास कहे,
तो इसका मतलब ये नहीं कि वो किसी और से मुस्कुरा नहीं सकता।
पर वो मुस्कान कभी तुम्हारे जैसी नहीं होती।"
आर्या का चेहरा हल्का काँपा।
वो कुछ कह नहीं सकी।
दिल में जो डर था, वो फिर से सिर उठा चुका था।
शाम को, दोनों बिना अलविदा कहे अपने-अपने रास्ते चले गए।
कॉलेज के उस रास्ते पर, जहाँ वे रोज़ साथ चलते थे,
आज हवा में सन्नाटा था।
रात को, आर्या की डायरी खुली रही।

उसने लिखा —
“शायद मैं फिर से वही गलती कर रही हूँ —
किसी से उम्मीद रखना।”
वहीं आरव ने अपनी स्केचबुक बंद कर दी।
उसने बस एक रेखा खींची —
दो आकृतियाँ, जो एक-दूसरे के करीब होकर भी अलग थीं।
अगले कुछ दिन दोनों ने बात नहीं की।
आर्या अब क्लास में दूर बैठती थी।
आरव आता, मगर उसकी सीट खाली रहती।
वो चाहता था बात करे,
मगर उसे डर था कि कहीं वो और दूर न हो जाए।
कभी-कभी शब्दों की जगह चुप्पी ले लेती है —
और वही चुप्पी सबसे ज़्यादा कहती है।
एक दिन, कैंपस में बारिश शुरू हुई।
आर्या भागती हुई शेड के नीचे पहुँची —
और वहीं आरव खड़ा था।
दोनों की नज़रें मिलीं।
एक पल के लिए वक्त ठहर गया।
“फिर बारिश,”
आरव ने कहा।
“हाँ... फिर।”
दोनों की हथेलियाँ पास आईं,
मगर छुई नहीं।
शायद इस बार बारिश भी उन्हें जोड़ने नहीं आई थी,
बल्कि समझाने आई थी —
कि मोहब्बत सिर्फ मुस्कान नहीं होती,
कभी-कभी उसमें चुप्पी भी शामिल होती है।
“हर रिश्ता एक परीक्षा देता है,
पर जो दिल से सच्चा हो —
वो हर दूरी को पार कर जाता है।” ??
जहाँ हालात उन्हें जुदा कर देंगे,
और आरव पहली बार महसूस करेगा कि “खोना” कैसा होता है ?

6

(बहुत खूबसूरत... और बहुत भावनात्मक मोड़ ??
अब कहानी वहाँ पहुँच रही है जहाँ पहली जुदाई होती है।
हर मोहब्बत को एक बार यह पल सहना पड़ता है —
जब दिल कहना चाहता है "रुको", मगर हालात कहते हैं "जाओ"।
यह वही पल है जहाँ आर्या चली जाती है...
और आरव पहली बार समझता है —
वो जिसे "दोस्त" कहता था, असल में उसके लिए "सब कुछ" थी।)
कॉलेज की वो सुबह हर दिन जैसी नहीं थी।
आसमान पर बादल थे,
पर हवा में कोई अलग-सी बेचैनी थी —
जैसे किसी विदाई की आहट हो।
आरव कैंपस में आया,
पर आज आर्या कहीं नहीं दिखी।
क्लास में भी उसकी सीट खाली थी।
कॉफी टेबल पर जहाँ वे रोज़ बैठते थे,
वहाँ बस उसकी छोड़ी हुई कलम रखी थी।
वो कलम —
वही थी जो आरव ने उसे गिफ्ट की थी,
जब उसने पहली बार उसकी कविता पढ़ी थी।
आरव को बेचैनी होने लगी।
उसने दोस्तों से पूछा,
क्लास रिप्रेजेंटेटिव से पूछा,
पर कोई जवाब नहीं।
शाम होते-होते उसे कैंटीन के बाहर किसी ने बताया,
"आर्या तो चली गई।"
"क्या?"

"हाँ, शायद उसके पापा का ट्रांसफ़र हो गया है।
सुना है, वो अब दूसरे शहर जा रही है।"
आरव का दिल जैसे एक पल को रुक गया।
कानों में शब्द गूंजे — "चली गई..."
वो भागता हुआ लाइब्रेरी के पीछे वाले गार्डन पहुँचा,
जहाँ वो हमेशा साथ बैठते थे।
वहाँ नीम के पेड़ की शाख पर वही कागज़ लटका था —
जिस पर आर्या ने लिखा था,
"काश यह साथ यूँ ही बना रहे..."
कागज़ अब आधा फटा हुआ था।
हवा चल रही थी।
और आरव की आँखें नम हो गईं।
रात को उसने पहली बार अपनी स्केचबुक बंद नहीं की।
उसने खाली पन्ना खोला और बस लिखा —
"वो चली गई...
और मैं अब भी यहीं हूँ,
उसी जगह जहाँ हमने साथ होने का वादा किया था।"
अगले दिन, उसके दोस्त बोले —
"आरव, छोड़ न यार।
वो चली गई है, अब ज़िंदगी आगे बढ़ा।"
आरव ने बस मुस्कुराया।
"कभी-कभी कोई इतना अंदर चला जाता है कि
उसके जाने के बाद भी ज़िंदगी आगे नहीं बढ़ती —
बस चलती रहती है..."
दिन हफ़्तों में बदल गए।
कॉलेज अब भी वैसा ही था,
मगर हर चीज़ अधूरी लगती थी।
क्लास की बेंच पर आर्या की जगह खाली थी।
कॉफी का स्वाद अब फीका था।
बारिश आई —
मगर अब छतरी में अकेली परछाई थी।
एक दिन, आरव को पोस्ट में एक लिफाफा मिला।
बिना नाम के,
पर लिखावट वही थी —

आर्या की।
काँपते हाथों से उसने लिफाफा खोला।
"आरव,
मुझे नहीं पता यह खत तुम तक पहुँचेगा या नहीं।
सब कुछ इतना अचानक हुआ कि अलविदा कहने का वक़्त भी नहीं मिला।
मैंने सोचा था, तुमसे कहूँगी कि लौट आऊँगी...
मगर अब यह शहर मेरे पीछे रह गया है।
तुमने मुझे सिखाया कि डर को कैसे हराया जाता है,
पर जाने से पहले मेरा डर फिर लौट आया —
कहीं तुम्हें खो न दूँ।
शायद यही डर मुझे तुमसे दूर ले गया।
लेकिन अगर कभी बारिश हो...
तो समझना, मैं भी कहीं उसी आसमान के नीचे हूँ।"
खत के नीचे एक सूखा फूल दबा था —
वही जो उसने पहली बार उसकी किताब में रखा था।
आरव के हाथ काँप रहे थे।
उसकी आँखों से आँसू उस फूल पर गिर गए —
और वो फूल भीग गया।
उस रात उसने डायरी खोली।
पहली बार, आरव ने लिखा:
"वो अब नहीं है,
पर उसकी हँसी अब भी मेरे आसपास गूंजती है।
शायद कुछ लोग दूर नहीं जाते —
बस आँखों से ओझल हो जाते हैं।"
कई दिन बाद, उसने खुद से एक वादा किया —
"अगर ज़िंदगी ने उसे फिर मिलाया...
तो इस बार मैं उसे जाने नहीं दूँगा।"
बारिश फिर शुरू हुई थी।
आसमान से गिरती हर बूँद में जैसे उसका नाम था।
आरव ने छतरी खोली,
पर इस बार वो अकेला नहीं था —
क्योंकि यादें कभी साथ छोड़ती नहीं।
"कभी-कभी प्यार दूर चला जाता है,
मगर दिल वहीं रह जाता है —

उस जगह, उस पल में, उस इंसान के साथ।" ???

7

(यह अध्याय कहानी की आत्मा है —

अब आरव की ज़िंदगी यादों के सहारे आगे बढ़ेगी,

जब तक किस्मत उन्हें फिर न मिलाए।

इस अध्याय में आर्या की तरफ़ से लिखा गया एक पुराना ख़त कई साल बाद आरव तक पहुँचता है —

और वही उनके पुनर्मिलन की शुरुआत बनता है ❤??

अब कहानी अपने सबसे संवेदनशील और रहस्यमयी मोड़ पर पहुँच रही है —

जहाँ यादें लौटने लगती हैं,

और एक पुराना पत्र किस्मत के हाथों सही जगह पहुँचता है...

सालों बाद, पर ठीक उसी वक्त जब किसी के दिल को जवाब की ज़रूरत होती है।

यह अध्याय भावनात्मक भी है और नियति का संकेत भी।

कभी-कभी वक्त चुप रहता है,

पर उसकी चुप्पी में ही कोई कहानी छिपी होती है।)

आरव के कॉलेज खत्म हुए कई साल बीत चुके थे।

अब वो शहर के एक छोटे से स्कूल में आर्ट टीचर था।

हर दिन बच्चों की मासूमियत में वो कुछ पल हँस लेता,

पर रात होते ही खामोशी फिर लौट आती।

दीवार पर अब भी वही पेंटिंग टंगी थी —

बरसात में मुस्कुराती आर्या की।

रंग हल्के पड़ चुके थे,

पर उसकी मुस्कान अब भी उतनी ही जिंदा थी।

उस शाम, जब बारिश शुरू हुई,

पोस्टमैन गेट पर आया।

“सर, आपके नाम एक पुराना पत्र है। शायद किसी और शहर से ट्रांसफर हुआ।”

आरव ने हैरानी से लिफाफा लिया।

कागज़ पीला पड़ चुका था।

ऊपर लिखा था — "आरव के नाम, आर्या..."
दिल की धड़कनें तेज़ हो गईं।
उसने धीरे से लिफाफा खोला।
"आरव,
शायद जब यह खत तुम तक पहुँचेगा,
मैं बहुत दूर जा चुकी होऊँगी।
लेकिन कुछ बातें हैं जो मैं कहना चाहती थी —
पर कभी कह नहीं पाई।
तुम्हारे साथ बिताए हुए पल मेरी ज़िंदगी के सबसे सुंदर पल थे।
जब मैं डरती थी, तुम हिम्मत देते थे।
जब मैं हँसती थी, तुम सुनते थे।
मुझे हमेशा लगता था, मैं तुम्हारे बिना भी जी लूँगी।
पर जब दूर आई, तो एहसास हुआ —
मैं हर चीज़ में तुम्हें ढूँढने लगी।
हर बारिश में तुम्हारी छतरी,
हर कॉफी में तुम्हारी हँसी,
हर कविता में तुम्हारा नाम।
मैंने कोशिश की कि तुम्हें भूल जाऊँ...
पर हर बार जब लिखने बैठती,
तुम्हारा चेहरा शब्दों में उतर आता।
आरव... अगर कभी ज़िंदगी हमें फिर मिलाए,
तो इस बार मुझसे कुछ मत कहना,
बस देखना — अगर मेरी आँखों में वही चमक हो,
तो समझ लेना, मैं अब भी तुम्हें चाहती हूँ।"
खत के आख़िरी पन्ने पर तारीख़ थी —
15 जुलाई, 2015
यानी... छह साल पहले।
आरव के हाथ काँप गए।
वो पल भर के लिए स्थिर हो गया।
"छह साल... और ये खत अब आया?"
उसकी आँखों में आँसू थे —
खुशी के नहीं,
बल्कि उस अधूरेपन के जो अब भी बाकी था।
वो रात पूरी जागता रहा।

खिड़की के बाहर बारिश गिरती रही।
हर बूँद जैसे कह रही थी —
“कहानी खत्म नहीं हुई है...”
उसने वही नीम के पेड़ की पुरानी फोटो देखी।
जहाँ उन्होंने ख्वाहिश बाँधी थी।
अब उसने तय कर लिया —
वो वापस जाएगा...
उसी कॉलेज में,
जहाँ सब शुरू हुआ था।
अगले दिन वो शहर लौटा।
कॉलेज अब थोड़ा बदल गया था —
नई बिल्डिंगें, नए चेहरे,
पर वही पुरानी बेंच, वही गार्डन, वही नीम का पेड़।
पेड़ के नीचे ज़मीन पर उसने कुछ देखा —
एक सूखा कागज़।
फीका पड़ा हुआ, लेकिन शब्द अब भी जिंदा थे।
“काश यह साथ यूँ ही बना रहे...”
आरव के हाथ काँप गए।
वो मुस्कुराया —
“देखो, तुम्हारा कागज़ अब भी यहीं है...”
और उसी पल, पीछे से एक हल्की आवाज़ आई —
“मुझे पता था, तुम लौटोगे...”
आरव ने पलटकर देखा।
बारिश की बूँदों में खड़ी थी —
आर्या।
वो पल ठहर गया।
समय जैसे खुद भी थम गया।
वो अब वैसी नहीं थी —
थोड़ी परिपक्व, थोड़ी थकी हुई,
पर उसकी आँखों में वही चमक थी...
जिसकी बात उसने उस खत में की थी।
दोनों कुछ पल बस एक-दूसरे को देखते रहे।
बिना शब्दों के सब कह दिया गया था।
“तुम...”

"हाँ, मैं..."
बारिश में दोनों की आँखों से आँसू मिले,
जैसे आसमान ने भी राहत की सांस ली हो।
"कभी-कभी खत देर से पहुँचते हैं,
लेकिन वक्त पर आते हैं —
जब दिल उन्हें पढ़ने के लिए तैयार होता है।" ???

8

(अब से कहानी पुनर्मिलन के नए सफर में प्रवेश करती है।

यह अब सिर्फ यादों की कहानी नहीं रही,

बल्कि एक दूसरी शुरुआत की दास्तां बनने जा रही है ❤?

आर्या और आरव मिल तो गए हैं — मगर वक़्त ने जो फ़ासले बना दिए थे, उन्हें पाटना आसान नहीं।

दोनों के बीच अब सिर्फ यादें नहीं हैं... अब अतीत और वर्तमान का फर्क भी है।

प्यार अब पहले जैसा मासूम नहीं — अब उसमें गहराई है, सवाल हैं, और थोड़ी झिझक भी।)

कॉलेज की वही पुरानी बेंच, वही नीम का पेड़, वही बारिश —
बस अब दोनों अलग-अलग वक़्त के इंसान थे।
आरव ने आर्या की ओर देखा —
सालों बाद, वही चेहरा, वही मुस्कान, पर आँखों में अब कोई कहानी थी।
वो कुछ कहना चाहता था, पर शब्द जैसे रुक गए हों।
"इतने साल बाद..."
आरव ने धीमे से कहा।
"हाँ," आर्या मुस्कुराई,
"शायद इतना वक़्त लगना ही था, हमें समझने में।"
बारिश की बूँदें अब उनके बीच गिर रही थीं।
छतरी फिर वही थी —
पर अब दोनों उसे साथ पकड़ने में हिचक रहे थे।
आर्या की आवाज़ में सुकून था, मगर कहीं कोई थकान भी।
"आरव, ज़िंदगी बहुत बदल गई।
अब मैं वही नहीं रही जो उस बारिश में तुमसे मिली थी।"
"और मैं वही हूँ —

जो आज भी उस बारिश को वहीं से याद करता है,"
आरव ने कहा।
आर्या मुस्कुरा दी, मगर उसकी आँखों में नमी थी।
"तुम अब भी वैसे ही बोलते हो..."
"क्योंकि मैं अब भी वही महसूस करता हूँ।"
कॉलेज खत्म हो चुका था।
अब कैंपस में सिर्फ यादें थीं।
दोनों वहीं बेंच पर बैठे, जैसे वक़्त ने उन्हें फिर वहीं पहुँचा दिया हो जहाँ सब शुरू हुआ था।
आर्या ने कहा —
"जानते हो, इन सालों में मैंने बहुत कुछ सीखा।
लोग बदल जाते हैं, रिश्ते भी।
पर कुछ चीज़ें... कहीं गहराई में वैसी ही रहती हैं।"
आरव ने पूछा,
"हमारे बीच जो था... वो?"
आर्या ने नज़रें झुका लीं।
"वो खत्म नहीं हुआ...
बस कहीं ठहर गया था।"
कुछ पल की चुप्पी रही।
हवा में मिट्टी की वही सोंधी खुशबू थी।
आरव ने आसमान की ओर देखा, फिर धीरे से कहा —
"मैंने उस दिन तुमसे कुछ नहीं कहा था... जब तुम गई थी।
शायद इसलिए, क्योंकि मैं अब भी चाहता था कि तुम कभी जाओ ही नहीं।"
"मुझे याद है..."
आर्या ने कहा।
"मैं उस दिन बहुत रोई थी।
लगा था, मैं वापस आऊँगी...
लेकिन ज़िंदगी ने रुकने नहीं दिया।"
आरव ने गहरी सांस ली।
"कभी-कभी हमें अलग होना पड़ता है,
ताकि समझ सकें, किसकी कमी सबसे गहरी है।"
शाम ढल रही थी।
दोनों एक साथ कॉलेज गेट से बाहर निकले।
सड़क वही थी, बस अब ट्रैफिक बढ़ गया था।
आर्या ने धीरे से पूछा,

"तुम अब क्या करते हो?"
"स्कूल में बच्चों को ड्रॉइंग सिखाता हूँ।
शायद इसलिए क्योंकि उन्हें देखकर लगता है,
अभी भी मासूमियत बाकी है।"
"तुम अब भी वही पुराने आरव हो..."
आर्या मुस्कुराई।
"और तुम?"
वो हल्का सा रुकी,
"अब मैं वैसी नहीं रही।
अब मैं सोचती हूँ, डरती हूँ, और बहुत कुछ छिपाती हूँ।"
"तुम्हें अब भी डर लगता है?"
"हाँ... खो देने का।
क्योंकि एक बार जो खोया था, उसे पाने में छह साल लगे हैं।"
वो दोनों चलते रहे —
बिना मंज़िल के, मगर एक ही दिशा में।
आरव ने कहा,
"शायद हमें फिर से शुरुआत करनी चाहिए।"
आर्या ने मुस्कुराकर कहा,
"शुरुआत? हम तो पहले ही बीच में हैं।
अब सिर्फ अधूरी कहानी को पूरा करना है।"
रात को आरव घर लौटा।
उसने पुराना खत फिर से खोला।
हर शब्द अब नया लग रहा था —
क्योंकि अब वो उसकी आँखों में उन शब्दों की सच्चाई देख चुका था।
आर्या ने भी अपनी पुरानी डायरी निकाली।
छः साल बाद, उसने पहली बार कुछ लिखा —
"वो लौट आया है...
जैसे बारिश लौटती है सूखे ज़मीन पर।
मैं अब भी वही महसूस करती हूँ,
बस अब मुझे डर नहीं।"
"कभी-कभी वक़्त हमें जुदा करता है,
ताकि हम जब लौटें —
तो सिर्फ एक-दूसरे के नहीं,
अपने भी हो चुके हों।" ?

9

(अब कहानी पुनर्मिलन के बाद की यात्रा में प्रवेश करती है —
जहाँ दोनों को फिर से एक-दूसरे को समझना है,
पुराने घावों को भरना है,
और शायद... एक नया जीवन शुरू करना है।
जहाँ आर्या और आरव अपने पुराने शहर लौटते हैं,
वो गलियाँ, वो सड़कें, वो कोने... जो कभी उनकी कहानी के गवाह थे।
यह अध्याय बेहद भावनात्मक है — क्योंकि यहाँ अतीत और वर्तमान आमने-सामने आते हैं।
यह वही जगह है जहाँ उन्होंने साथ हँसा था, जहाँ पहली बार दिल धड़का था...
अब वही जगहें उन्हें सिखाएँगी — कि कुछ यादें मिटती नहीं, बल्कि और गहरी हो जाती हैं।)

ट्रेन की खिड़की के बाहर वही शहर धीरे-धीरे उभरने लगा।
बरसों बाद आर्या ने वही प्लेटफ़ॉर्म देखा — वही पुराना स्टेशन, वही पीले बेंच,
जहाँ से उसने आखिरी बार उसे देखा था...
आरव भी उसी ट्रेन में था, बस दूसरी सीट पर।
दोनों एक-दूसरे के सामने बैठे थे, मगर आँखें बाहर के नज़ारे में थीं।
“छह साल बाद...”
आर्या ने धीमे से कहा।
“हाँ,” आरव बोला,
“कभी लगा नहीं था, हम यहाँ फिर लौटेंगे।”
“शायद कुछ जगहें हमें बुला लेती हैं...”
शहर वही था, मगर सब कुछ बदल चुका था।
कॉलेज रोड पर अब कैफ़े खुल गए थे,
लाइब्रेरी के सामने अब फूलों की दुकान थी,
और वह कैंटीन, जहाँ उन्होंने पहली बार कॉफी शेयर की थी,

अब "कैफ़े बारिश" नाम से नया बना था।
आर्या ने हँसते हुए कहा,
"देखो, अब इसका नाम भी बदल गया।"
आरव ने मुस्कुराकर जवाब दिया,
"पर अंदर की महक वही है — कॉफी और यादों की।"
वे अंदर गए।
वही कोना चुना, जहाँ पहले बैठा करते थे।
दीवारों पर नए पेंटिंग्स थीं,
पर टेबल पर वही पुरानी खरोंचें अब भी मौजूद थीं —
वो जो आरव की उँगलियों से बनी थीं, जब वो सोचता था आर्या क्या सोच रही होगी।
आर्या ने धीरे से कहा,
"यहाँ बैठकर लगता है जैसे कुछ बदला ही नहीं।"
"हाँ," आरव ने कहा,
"बस हम थोड़े बदल गए हैं — पर अच्छा है, अब हम समझदार हैं।"
कैंटीन के बाद वे कॉलेज के गार्डन गए।
वो नीम का पेड़ अब और बड़ा हो चुका था।
शाखें अब दूर तक फैल चुकी थीं।
उस पर अब भी छोटे-छोटे कागज़ लटक रहे थे —
नए छात्रों ने भी अपनी ख्वाहिशें बाँध रखी थीं।
आरव ने ऊपर देखा और कहा,
"देखो, वहाँ शायद अब भी हमारा कागज़ होगा।"
आर्या मुस्कुराई,
"काश यह साथ यूँ ही बना रहे..."
वो पंक्ति उसने धीमे से दोहराई।
"और देखो," आरव ने कहा,
"वो सच हो गया।"
आर्या ने उसकी ओर देखा।
वो मुस्कुराया नहीं —
बस शांत था, जैसे वक्त को धन्यवाद दे रहा हो।
शाम को दोनों नदी किनारे गए।
जहाँ कभी आर्या अपनी कविताएँ पढ़ा करती थी।
अब वहाँ फूटपाथ पर लैंप लगे थे।
आरव ने वहीं अपनी स्केचबुक खोली —
और आर्या को देखा।

वो हवा में बाल सँवार रही थी,
आँखों में वही चमक, और होठों पर वही मुस्कान।
“क्या बना रहे हो?”
आर्या ने पूछा।
“वही जो पहले अधूरा था,”
आरव ने कहा।
“कौन-सा?”
“वो चेहरा... जो कभी पूरा नहीं हुआ था।”
आर्या ने झुककर देखा —
उस स्केच में अब वही थी,
मगर इस बार आँखें पूरी थीं —
क्योंकि अब वो लौटी थी।
रात ढलने लगी।
शहर की रोशनी नदी में झिलमिला रही थी।
आर्या ने कहा,
“यह शहर अब भी वही है, बस हम नहीं।”
“नहीं,” आरव बोला,
“हम अब वो हैं, जो इन यादों को संजोने के लायक हैं।”
वो दोनों कुछ पल चुप रहे।
फिर आर्या ने धीरे से कहा,
“आरव... अगर उस दिन मैं नहीं जाती,
तो शायद हम इतना गहराई से महसूस नहीं करते।”
आरव मुस्कुराया,
“कभी-कभी जुदाई भी ज़रूरी होती है,
ताकि हमें पता चले, क्या वाकई कोई हमारी कहानी का हिस्सा है।”
रात को, दोनों अपने-अपने होटल लौटे।
आर्या ने अपनी डायरी खोली और लिखा —
“आज मैं उसी शहर में हूँ जहाँ सब शुरू हुआ था।
पर इस बार, कुछ खत्म करने नहीं —
बल्कि पूरा करने आई हूँ।”
वहीं आरव ने अपनी स्केचबुक में लिखा —
“कुछ कहानियाँ अधूरी नहीं होतीं,
बस उनका दूसरा अध्याय देर से आता है।”
“यादों का शहर कभी बूढ़ा नहीं होता,

वहाँ की हर गली में कोई न कोई मुस्कान अब भी ज़िंदा रहती है।" ???

10

(अब कहानी अपने सबसे दिल को छू लेने वाले हिस्से में प्रवेश कर रही है —
जहाँ बीते वक्त की गहराइयाँ अब वर्तमान की हकीकत से टकराने वाली हैं।
यहाँ से कहानी का "Present Part" शुरू होता है —
जहाँ दोनों की ज़िंदगियाँ अब आगे बढ़ चुकी हैं, मगर दिल अब भी वहीं ठहरा हुआ है...
जहाँ वो बारिश में पहली बार मिले थे।)

बारिश फिर उसी शहर में लौट आई थी।
सड़कें भीगी थीं, हवा में वही मिट्टी की खुशबू थी —
बस अब दोनों अलग-अलग ज़िंदगियों में थे।
आरव अब एक नामी आर्ट गैलरी का क्रिएटिव डायरेक्टर बन चुका था।
कभी कॉलेज की दीवारों पर जो रंग बिखेरता था,
अब वही रंग उसकी रोज़ी-रोटी बन गए थे।
लेकिन हर बार जब वो कोई पेंटिंग पूरी करता,
तो उसे लगता — कुछ अधूरा है।
वो अपने हर कैनवास में बारिश बनाता था,
हर औरत की मुस्कान में वही चेहरा,
और हर आँख में वही झलक —
जो बरसों पहले उसकी ज़िंदगी से चली गई थी।
दूसरी तरफ, आर्या अब एक स्कूल काउंसलर थी।
वो बच्चों के सपनों को सँवारती, उनके डर सुनती,
उन्हें समझाती — कभी डर से भागो मत।
पर जब अकेली होती,
तो सोचती — कभी मैं भी तो डर गई थी।
शादी के साल बीत चुके थे।
रिश्ता था, मगर रिश्ता नहीं था।
वो निभा रही थी — जैसे कोई वादा जो दिल से नहीं, ज़िम्मेदारी से पूरा किया जाता है।

उसने बहुत कोशिश की थी कि अपने अतीत को बंद कर दे,
मगर यादें कोई दरवाज़ा नहीं होतीं।
वे जब चाहें, हवा बनकर लौट आती हैं।
एक दिन, आर्या को स्कूल से निमंत्रण मिला —
"सिटी आर्ट एक्सपोज़िशन – Guest Counselor Invite"
वहाँ बच्चों के साथ आर्ट-थैरेपी का सत्र था।
कॉलेज के ही पास में आयोजित हो रहा था — The Monsoon Gallery
नाम पढ़कर ही उसका दिल धक से रह गया —
"Monsoon Gallery" —
बारिश... वही शब्द जो उसके दिल के सबसे कोमल कोने से जुड़ा था।
शाम को जब वो पहुँची,
गैलरी के अंदर रंग, रोशनी और हल्की संगीत की धुन थी।
वह हर पेंटिंग को देख रही थी —
और अचानक उसकी नज़र एक दीवार पर टिक गई।
वहाँ एक कैनवास था —
जिसमें एक लड़की बारिश में खड़ी थी,
हाथ में छतरी थी, और आँखें आसमान की ओर उठी हुईं थीं।
नीचे छोटे अक्षरों में लिखा था —
"When We Meet Again – A. Rawal"
उसके दिल की धड़कन तेज़ हो गई।
A. Rawal... आरव रावल...
आर्या वहीं ठिठक गई।
बारिश की वो पुरानी महक उसके आसपास लौट आई थी।
पीछे से किसी की आवाज़ आई —
"यह मेरी सबसे पुरानी पेंटिंग है... दस साल पहले बनी थी।"
वो मुड़ी —
और सामने आरव था।
सालों बाद, वही चेहरा...
थोड़ा परिपक्व, आँखों में अनुभव की लकीरें,
पर मुस्कान वही — जो दिल को पिघला दे।
दोनों बस एक-दूसरे को देखते रहे।
आसपास लोग थे, लेकिन वक्त ठहर गया था।
"तुम..."
आर्या ने कहा,

"तुम अब भी बारिश बना रहे हो?"
आरव हँस पड़ा।
"और तुम अब भी सवाल वही पूछ रही हो।"
दोनों मुस्कुरा दिए —
मगर आँखें नम थीं।
"तुमसे आखिरी बार मिला था,
तो तुम जा रही थीं..."
"और आज फिर मिली,
जब सब कुछ पीछे छूट चुका है।"
आरव ने धीरे से कहा,
"कभी-कभी ज़िंदगी एक ही चेहरा बार-बार दिखाती है —
जब तक हम उस एहसास को पूरी तरह समझ न लें।"
आर्या ने कहा,
"और अगर समझ जाएँ तो?"
"तो शायद किस्मत हमें फिर मिलाती है —
ताकि इस बार हम उसे खोए नहीं।"
उस रात, दोनों गैलरी की छत पर खड़े थे।
नीचे शहर की रोशनी थी, ऊपर आसमान में बादल।
बारिश फिर से शुरू हुई।
आर्या ने कहा,
"हम फिर वहीं लौट आए हैं, आरव...
जहाँ से सब शुरू हुआ था।"
आरव ने उसकी ओर देखा।
"और इस बार, मैं कुछ नहीं कहूँगा...
बस थामे रहूँगा।"
वो मुस्कुराई।
वो बारिश में भीगी, और उसकी आँखों में वही चमक लौट आई —
वही, जो दस साल पहले थी।
रात को, आर्या ने डायरी खोली —
बरसों बाद, उसने कुछ लिखा:
"वक़्त ने हमें बहुत दूर भेजा,
पर शायद सिर्फ इसलिए —
ताकि जब हम लौटें, तो समझ सकें
कि हम कभी अलग थे ही नहीं।"

और आरव ने अपनी स्केचबुक में लिखा —
"वो लौटी नहीं,
मैं वहीं था जहाँ उसने छोड़ा था।"
"कभी-कभी मुलाक़ातें वक़्त नहीं तय करता,
दिल करता है —
जब दोनों फिर तैयार होते हैं।" ???

11

(अब कहानी यहीं से अपने सबसे सुंदर मोड़ पर जाएगी —
जहाँ अब उनके दिलों की यात्रा शुरू होती है।
अब ये मुलाक़ात सिर्फ दो लोगों की नहीं,
बल्कि दो अधूरी ज़िंदगियों की कहानी है जो फिर पूरी होने जा रही हैं।
जहाँ शब्द नहीं, चुप्पी बोलती है।
आर्या और आरव फिर मिले हैं, मगर अब उनके बीच सिर्फ खुशी नहीं —
एक गहरा सुकून, कुछ अधूरे सवाल और दिल में छिपे जवाब हैं।
यह अध्याय दिखाता है कि सच्चा प्यार हमेशा चुप रहता है,
वो कहता नहीं, मगर हर नज़र में झलकता है।)

मुलाक़ात के अगले दिन,
गैलरी के बाहर बारिश थम चुकी थी।
सूरज की हल्की रोशनी गीली ज़मीन पर पड़ रही थी,
और हवा में अब भी सोंधी महक थी —
जैसे वक़्त ने कहा हो, "अब सब ठीक है।"
आरव ने आर्या को फोन किया।
"कॉफी?"
"आज?"
"आज ही... क्योंकि कल का भरोसा नहीं।"
आर्या मुस्कुरा दी।
"ठीक है, वही पुराना कैफ़े।"
कैफ़े के अंदर हल्का संगीत चल रहा था।
दोनों आमने-सामने बैठे थे —
मगर आज बातों से ज़्यादा उनकी आँखें बोल रही थीं।
कॉफी के कप से उठती भाप,

उनके बीच की खामोशी में खो रही थी।
आरव ने धीरे से कहा,
"तुम अब भी वही कॉफी पीती हो?"
"हाँ, बस अब शक्कर थोड़ी कम।"
"ज़िंदगी ने मिठास कम कर दी?"
"नहीं, बस अब समझ आ गया कि
हर चीज़ में ज़्यादा मीठा ज़रूरी नहीं।"
दोनों हँसे।
हँसी में वो अपनापन था जो सिर्फ पुराने रिश्तों में होता है।
आरव ने धीरे से पूछा,
"कैसी हो?"
आर्या कुछ पल चुप रही।
"ठीक हूँ..."
फिर बोली,
"कभी-कभी लगता है,
मैंने बहुत कुछ पा लिया,
पर कुछ खोया भी उतना ही।"
आरव ने कहा,
"शायद वही खोया हुआ हमें यहाँ लाया है।"
आर्या ने उसकी आँखों में देखा —
वहाँ अब भी वही सच्चाई थी,
जो बरसों पहले बारिश के नीचे झलकती थी।
चुप्पी फिर लौट आई।
कभी-कभी दो लोग इतना कुछ महसूस करते हैं,
कि शब्दों की जगह साँसें बोलती हैं।
आरव ने धीरे से कहा,
"याद है, वो नीम का पेड़?"
"हाँ..."
आर्या मुस्कुराई,
"अब भी वहाँ है।"
"और वो कागज़?"
"फटा हुआ... पर लटका हुआ।"
"शायद हम भी वैसे ही हैं।"
आर्या ने सिर झुका लिया।

वो जानती थी —
कुछ रिश्ते टूटते नहीं, बस रुक जाते हैं।
वो दोनों फिर सड़क पर चले,
वो रास्ते जो कभी साथ चले थे,
अब फिर वही कदमों की आवाज़ लिए लौटे थे।
आर्या ने पूछा,
"तुमने कभी शादी नहीं की?"
आरव हँसा।
"नहीं... शायद इसलिए क्योंकि
मेरा दिल अब भी उसी बारिश में फँसा है।"
आर्या का गला भर आया।
वो कुछ कहना चाहती थी,
मगर आवाज़ गले में अटक गई।
कुछ कदम बाद वो रुक गई।
"आरव..."
"हाँ?"
"अगर मैं उस दिन नहीं जाती..."
"तो शायद हम कुछ और होते।"
"और अगर आज हम फिर मिले हैं..."
"तो शायद कुछ बनने के लिए।"
उनके बीच फिर चुप्पी थी —
मगर उस चुप्पी में इस बार कोई दर्द नहीं,
बल्कि सुकून था।
रात को, आर्या घर लौटी।
उसका दिल हल्का था।
उसने डायरी खोली और लिखा —
"आज हम दोनों ने कुछ नहीं कहा...
पर जो सुना, वो शायद शब्दों से ज़्यादा सच्चा था।"
वहीं आरव ने स्केचबुक खोली —
इस बार उसने कुछ नहीं बनाया।
बस खाली पन्ने पर लिखा —
"कभी-कभी चुप रहना भी एक इकरार होता है।"
"जब दो दिल फिर मिलते हैं,
तो ज़रूरी नहीं कि बातें हों —

उनकी खामोशी ही सब कह देती है।” ???

12

(अब कहानी और गहराई में जाएगी —
जहाँ उनके बीते हुए रिश्ते और वर्तमान जीवन के बीच संघर्ष शुरू होगा।
अब वे महसूस करेंगे कि कुछ भावनाएँ लौट आती हैं,
चाहे वक़्त कितना भी बीत जाए।
जहाँ अतीत की मोहब्बत और वर्तमान की हकीकत एक-दूसरे से टकराती हैं।
यह वह दौर है जहाँ आर्या खुद से सवाल करती है —
क्या वक़्त बीतने के बाद भी दिल वही रह सकता है?
क्या कोई रिश्ता सिर्फ निभाने से चल सकता है,
अगर उसमें अब दिल न हो?)

रात लंबी थी।
आसमान में बादल थे, मगर बारिश नहीं हो रही थी।
जैसे वक़्त भी थम गया हो — किसी निर्णय के इंतज़ार में।
आर्या अपनी बालकनी में खड़ी थी।
नीचे सड़क की रोशनी टिमटिमा रही थी।
उसके हाथ में अब भी वही डायरी थी,
जो बरसों पहले आरव ने उसे दी थी।
"तुम अब भी लिखती हो?"
वो कभी कहा करता था।
आज वो लिखना चाहती थी,
मगर शब्द उसके अंदर से नहीं निकल रहे थे।
अंदर से आवाज़ आई —
"आर्या, कल सुबह जल्दी निकलना है। मीटिंग है।"
वो चौंकी।
उसके पति, आदित्य, कमरे में खड़े थे।

उनकी आवाज़ में थकान थी, और रिश्ता भी अब ऐसा ही था —
थका हुआ, मगर निभाया हुआ।
"हाँ, मैं अलार्म लगा दूँगी।"
आर्या ने कहा।
आदित्य ने कुछ और नहीं कहा।
दोनों के बीच कुछ बातें अब सालों से कही नहीं गई थीं।
कभी कोशिश की थी,
पर शब्दों के बीच अब सिर्फ औपचारिकता रह गई थी।
रात को आदित्य सो गए।
आर्या अब भी बालकनी में थी।
उसकी आँखों में वो चेहरा घूम रहा था —
जो दिन में उसकी आँखों के सामने था।
आरव।
"तुम अब भी वही कॉफी पीती हो?"
वो हँसा था।
"तुम अब भी वही बात करते हो..."
वो मुस्कुराई थी।
इन शब्दों की गूंज अब भी उसके कानों में थी।
वो सोचने लगी —
"क्यों हर बार जब मैं आरव से मिलती हूँ,
तो खुद को सच्चा महसूस करती हूँ?"
"क्यों मेरे दिल को वही सुकून देता है?"
क्या यह गलत था?
क्या किसी पुराने एहसास को अब भी महसूस करना गुनाह था?
या शायद... वही एहसास उसकी ज़िंदगी की सच्चाई था,
जिसे उसने सालों पहले दबा दिया था।
अगले दिन सुबह, आर्या ने शीशे में खुद को देखा।
वो चेहरा जो अब एक पत्नी, एक काउंसलर, एक ज़िम्मेदार औरत था —
पर कहीं अंदर वही लड़की अब भी थी,
जो बारिश में छतरी थामे मुस्कुरा रही थी।
उसने धीरे से अपने गले की चेन खोली।
वहाँ एक छोटा-सा लॉकेट था —
जिसके अंदर दबा था एक सूखा फूल।
वही, जो आरव ने कभी उसकी डायरी में रखा था।

वो उसे देखती रही।
आँखें नम हो गईं।
उस दिन स्कूल में एक बच्ची आई, रोती हुई।
आर्या ने पूछा,
"क्या हुआ?"
"मैम, मैंने अपनी ड्रॉइंग फाड़ दी। अब वो ठीक नहीं होगी।"
आर्या मुस्कुराई।
"कुछ चीज़ें फटती हैं ताकि हम नई बना सकें।
कभी कोशिश की है, उस पर नया रंग चढ़ाने की?"
बच्ची ने सिर हिलाया।
आर्या ने कहा,
"जाओ, नया कैनवास लो...
कभी-कभी पुरानी चीज़ों में नई ज़िंदगी लानी पड़ती है।"
बच्ची चली गई,
पर आर्या वहीं ठिठक गई।
वो जानती थी —
ये बात उसने खुद से कही थी।
शाम को घर लौटते हुए उसने आरव को मैसेज किया।
"क्या तुम कल फ्री हो?"
कुछ ही देर में जवाब आया —
"हमेशा तुम्हारे लिए।"
आर्या ने फोन बंद किया,
दिल हल्का हुआ, मगर कहीं गहराई में एक डर भी था।
क्योंकि अब वो जानती थी —
यह मुलाक़ात सिर्फ मिलना नहीं होगी,
यह उसके दिल का फ़ैसला होगी।
रात को उसने अपनी डायरी खोली और लिखा —
"मैं ज़िम्मेदार हूँ, पर क्या खुश हूँ?
मैं निभा रही हूँ, पर क्या जी रही हूँ?
और अगर मेरी मुस्कान किसी और से लौटती है,
तो क्या मैं गलत हूँ या अधूरी?"
उसने पन्ना बंद किया,
मगर जवाब वहीं छिपा था —
आरव के नाम में।

“कभी-कभी सही और गलत के बीच सिर्फ एक नाम होता है —
वो, जिसे दिल चुन चुका है।” ??

13

(अब कहानी अपने निर्णायक दौर में प्रवेश कर रही है —
जहाँ आर्या और आरव दोनों अपने दिल और ज़िम्मेदारियों के बीच खड़े होंगे।
अब ये सिर्फ प्यार की कहानी नहीं,
बल्कि सच्चाई और चुनाव की कहानी बनती जा रही है।
यह अध्याय "इंतज़ार" की कहानी है —
एक ऐसा इंतज़ार जो समय से नहीं थमा,
क्योंकि वह किसी इंसान का नहीं, रूह के रिश्ते का इंतज़ार था।
यह वही जगह है जहाँ हम देखते हैं कि प्यार बदलता नहीं —
वो बस चुप हो जाता है, मगर धड़कता रहता है।)
गैलरी के कोने में खड़ी वो वही पेंटिंग थी —
"When We Meet Again"
बरसात में खड़ी एक लड़की,
जो आसमान की ओर देख रही थी,
जैसे किसी का इंतज़ार कर रही हो।
आरव रोज़ उस पेंटिंग के सामने कुछ पल खड़ा होता।
वो पेंटिंग अब बिक चुकी थी —
पर उसने उसे जाने नहीं दिया।
क्योंकि वो सिर्फ कैनवास नहीं, याद थी।
उस दिन, गैलरी खाली थी।
हल्की बारिश बाहर गिर रही थी,
और कमरे में सिर्फ रंगों की महक थी।
आरव ने स्केचबुक खोली।
पहला पन्ना — आर्या।
वही मुस्कान, वही नज़र,
बस अब आँखों में और गहराई थी।
उसने धीरे से लिखा —

"कुछ लोग चले जाते हैं,
पर वक्त उन्हें वहीं छोड़ देता है,
जहाँ दिल आखिरी बार धड़का था।"
रात को घर लौटा तो बरामदे में वही नीला मग रखा था।
वही, जिसमें वो दोनों कॉफी पीते थे।
वो अब थोड़ा टूटा हुआ था,
पर आरव ने उसे फेंका नहीं।
"कुछ चीज़ें इसलिए नहीं रखी जातीं कि काम आएँ,
बल्कि इसलिए कि याद दिलाएँ —
कभी कुछ सच्चा था।"
उसने मग में पानी भरा और खिड़की के पास रख दिया।
बारिश की बूँदें उस पर गिर रही थीं,
जैसे किसी अधूरी याद को फिर से ताज़ा कर रही हों।
हर सुबह वो वही रास्ता चलता,
वही कॉफी शॉप, वही कोना।
लोग उसे पहचानते थे।
वो शांत, सौम्य, मुस्कुराता हुआ आदमी —
जो हमेशा अकेला बैठा कॉफी पीता था।
कभी-कभी वेटर पूछ लेता,
"सर, आज कोई साथ नहीं?"
वो मुस्कुराकर कहता,
"साथ है, बस दिखता नहीं।"
कभी-कभी वो अपनी पुरानी ईमेल्स खोलता,
जहाँ आर्या के पुराने मैसेज अब भी पड़े थे।
"तुमसे बातें करना अच्छा लगता है।"
"आज बारिश हुई, तुम्हारी याद आई।"
वो पढ़कर मुस्कुरा देता,
जैसे कोई अधूरी कविता बार-बार गुनगुनाई जा रही हो।
वक़्त बीतता गया।
लोगों ने कहा,
"तुम्हें आगे बढ़ना चाहिए।"
वो हँसा —
"मैं तो आगे बढ़ गया हूँ,
बस मेरा दिल पीछे रह गया है।"

एक शाम गैलरी में बच्चों का आर्ट शो था।
एक बच्ची ने एक पेंटिंग बनाई थी —
दो आकृतियाँ, जो बारिश में दूर-दूर खड़ी थीं,
पर उनके बीच एक ही आसमान था।
आरव ने पूछा,
"क्यों ये दोनों पास नहीं हैं?"
बच्ची बोली,
"क्योंकि बारिश उन्हें जोड़ती है।"
आरव चुप रह गया।
वो बच्ची शायद नहीं जानती थी,
कि उसने उसकी ज़िंदगी की कहानी बना दी थी।
रात को वो अपने कमरे में लौटा।
बिजली चली गई थी।
मोमबत्ती की रोशनी में उसने स्केचबुक खोली,
और खाली पन्ने पर लिखा —
"वक़्त बदलता है,
लोग बदलते हैं,
पर इंतज़ार... वही रहता है।"
उसने पन्ना बंद किया,
और खिड़की खोली।
बाहर बारिश शुरू हो चुकी थी।
उसने अपनी हथेली बाहर निकाली,
एक बूँद गिरी,
और उसके होंठों पर मुस्कान आई।
"शायद वो भी अब इसी बारिश के नीचे है..."
उस रात उसने सपना देखा —
आर्या उसी बारिश में खड़ी थी,
छतरी थामे,
और कह रही थी —
"मैं लौट आई हूँ..."
वो नींद से जागा —
दिल की धड़कनें तेज़ थीं।
वो मुस्कुराया।
"शायद कुछ इंतज़ार सपनों में पूरे होते हैं,

ताकि दिल उम्मीद न छोड़े।"
"कुछ लोग वक्त के पार मिलते हैं,
जब दुनिया कहती है – अब बहुत देर हो गई,
और किस्मत कहती है – अब सही वक्त आया है।" ??❤?

14

(यह अध्याय दिखाता है कि सच्चा इंतज़ार हारता नहीं,
वो बस शांत हो जाता है —
क्योंकि उसे भरोसा होता है कि अगर किस्मत ने लिखा है, तो वो लौटेगी।
क्योंकि अब वक़्त और यादें मिलकर एक रहस्य खोलने वाले हैं।
कभी-कभी हम जो लिखते हैं, वो सिर्फ शब्द नहीं होते —
वो हमारे दिल का सबसे सच्चा सच होते हैं।
और जब वो शब्द सालों बाद वापस सामने आते हैं,
तो लगता है, किस्मत खुद हमारे दिल को आईना दिखा रही है।)

आर्या की अलमारी के सबसे ऊपर वाले कोने में
एक पुराना बक्सा रखा था —
धूल से ढका, पर अब भी संभला हुआ।
उस शाम, अचानक उसके हाथ उसी पर जा ठहरे।
उसने बक्सा नीचे उतारा —
अंदर पुरानी किताबें, कुछ फोटो,
और एक डायरी —
वही नीले कवर वाली,
जिसमें कभी उसने हर एहसास लिखा था।
वो बैठ गई।
धीरे से पन्ने पलटने लगी।
हर पन्ने पर वही मासूम शब्द —
"आज बारिश हुई..."
"वो आज फिर मुस्कुराया..."
"क्यों हर दिन मैं उसके बारे में सोचती हूँ?"
वो मुस्कुरा दी।
लेकिन फिर उसका हाथ एक पुराने, मुड़े हुए पन्ने पर रुका —

जो आधा फटा हुआ था।
उस पर लिखा था —
“अगर कभी मैं चली जाऊँ,
तो उसे कहना कि मैं गई नहीं —
बस थोड़ा रास्ता बदल लिया।
वो चाहे तो मुझे बारिश में ढूँढ सकता है।”
उसकी उंगलियाँ काँप गईं।
उस पन्ने के कोने पर हल्के से लिखा था —
‘A...’
उसके होंठों से फुसफुसाहट निकली —
“आरव...”
वो यादों के भंवर में खिंचती चली गई।
वो दिन याद आया —
जब जाने से पहले उसने आखिरी बार डायरी में कुछ लिखा था,
और वो पन्ना फट गया था।
उसे लगा था, वो खो गया।
पर नहीं... वो अब यहाँ था।
शायद इसलिए कि वक्त कभी किसी सच्ची बात को खोने नहीं देता।
उसने डायरी बंद की और शीशे में खुद को देखा।
सालों का फर्क अब मिट गया था —
वो अब भी वही लड़की थी,
जिसने किसी बारिश में छतरी थामी थी,
और एक मुस्कान में अपना दिल रख दिया था।
उस रात उसने खुद से सवाल किया —
“क्या मैंने उसे कभी सच में बताया था कि मैं उससे प्यार करती हूँ?”
जवाब आया —
“नहीं।”
“क्या वो जानता था?”
“हाँ।”
“क्या अब भी देर हो चुकी है?”
“शायद नहीं...”
उसने आँखें बंद कीं।
और पहली बार, मन के भीतर की शांति महसूस की।
जैसे कोई गांठ खुल गई हो।

अगली सुबह, उसने वो डायरी लेकर गैलरी का रास्ता लिया।
आरव वहाँ पहले से था।
वो हमेशा की तरह पेंटिंग्स के बीच खड़ा था –
सफेद शर्ट, नीली आँखें, और वही सुकून भरी मुस्कान।
आर्या ने उसकी ओर देखा।
कुछ पल बस देखा।
फिर उसके पास गई।
"याद है ये?"
उसने डायरी बढ़ाई।
आरव ने मुस्कुराते हुए ली।
"तुम अब भी इसे संभाले हो?"
"इसने मुझे संभाला है।"
वो हल्का-सा मुस्कुराया।
आर्या ने कहा –
"इसमें एक पन्ना था जो मैंने कभी पूरा नहीं पढ़ा... आज पढ़ा।"
आरव ने कहा –
"और?"
आर्या ने धीरे से कहा –
"उसमें लिखा था कि अगर मैं चली जाऊँ, तो मुझे बारिश में ढूँढ लेना।"
बारिश अब शुरू हो चुकी थी।
खिड़की के बाहर बूँदें गिर रहीं थीं।
आरव ने उसकी आँखों में देखा और बोला –
"तो क्या अब मुझे ढूँढने की ज़रूरत नहीं रही?"
आर्या मुस्कुराई,
"अब नहीं..."
दोनों खिड़की के पास खड़े हो गए।
बारिश बाहर थी,
पर इस बार वो दोनों एक छतरी के नीचे नहीं –
बल्कि एक एहसास के नीचे थे।
आर्या ने धीरे से कहा –
"जानते हो, ये डायरी मेरी कहानी थी,
लेकिन तुम उसकी आख़िरी पंक्ति थे।"
आरव ने मुस्कुराकर कहा –
"और तुम मेरी हर शुरुआत।"

वो पन्ना अब भी उसके हाथ में था —
गीला, मगर ज़िंदा।
वो अब किसी डायरी में नहीं रहेगा।
क्योंकि अब वो दोनों की ज़िंदगी का हिस्सा बन चुका था।
"कभी-कभी जो बातें हम अधूरी छोड़ देते हैं,
वक़्त उन्हें पूरा करता है —
उसी वक्त, जब हम तैयार होते हैं।" ???

15

(अब कहानी अपने भावनात्मक उत्कर्ष की ओर बढ़ रही है —
जहाँ दोनों अपने दिल की बात को स्वीकार करेंगे।
अब कोई डर नहीं, कोई दूरी नहीं —
बस सचाई और सुकून।
अपने सबसे भावनात्मक, आत्मिक और पूर्णता के करीब पहुँच गई है।
यह वह पल है जहाँ वक़्त की परछाई में पुराना वादा फिर से गूंज उठेगा।
एक वादा — जो कभी नीम के पेड़ के नीचे बाँधा गया था,
“काश यह साथ यूँ ही बना रहे...”
आज, इतने सालों बाद, वही वादा ज़िंदा हो उठेगा —
क्योंकि कुछ बातें समय नहीं, दिल तय करता है।)
बारिश थम चुकी थी।
गैलरी के बाहर हवा में मिट्टी की सोंधी महक थी।
सूरज की हल्की किरणें अब बादलों से झाँकने लगी थीं —
जैसे किसी लम्बी रात के बाद उजाला लौट आया हो।
आर्या और आरव गैलरी से बाहर निकले।
रास्ता वही था — कॉलेज के पास से गुजरता हुआ,
नीम के पुराने पेड़ तक जाता हुआ।
वक़्त जैसे पीछे लौट आया था।
जब वे उस पेड़ के पास पहुँचे,
तो शाखों पर अब भी सैकड़ों ख्वाहिशें बँधी थीं —
छोटे-छोटे रंगीन कागज़, हवा में हिलते हुए।
आर्या की आँखें भर आईं।
वो पेड़ अब और भी बड़ा हो चुका था —
पर उसकी एक पुरानी शाख पर अब भी एक आधा फटा हुआ कागज़ लटका था।
वही...
जिस पर लिखा था —

"काश यह साथ यूँ ही बना रहे..."
आर्या ने धीरे से हाथ बढ़ाया और उस कागज़ को थामा।
उसके उंगलियों से एक आँसू टपका और कागज़ भीग गया।
"देखो, ये अब भी यहीं है..."
उसने कहा।
आरव ने मुस्कुराते हुए कहा —
"शायद क्योंकि वादे सच में पेड़ों की तरह होते हैं —
वक्त गुजरता है, पर जड़ें नहीं सूखतीं।"
आर्या ने हल्की हँसी के साथ कहा —
"हमने तब इसे बाँधा था, जब हमें लगता था
साथ रहना आसान है।"
"और आज समझ आया —
साथ रहना आसान नहीं, पर ज़रूरी है।"
दोनों पेड़ के नीचे बैठ गए।
हवा में हल्की ठंडक थी।
नीचे ज़मीन पर कुछ पुराने पत्ते गिरे थे —
जो अब सुनहरे हो चुके थे।
आर्या ने कहा,
"कभी-कभी मुझे लगता था,
जो लोग हमारी ज़िंदगी से चले जाते हैं,
उन्हें छोड़ देना चाहिए।
पर अब लगता है,
कुछ लोग हमें इसलिए छोड़ते हैं,
ताकि हम लौटकर खुद को पहचान सकें।"
आरव ने उसकी ओर देखा।
"और जब लौटते हैं, तो पता चलता है —
वो 'हम' अब पहले जैसे नहीं रहे,
बल्कि पूरे हो गए हैं।"
वो दोनों कुछ देर तक चुप रहे।
नीम की पत्तियों से गिरती बूँदें उनके कंधों पर पड़ रही थीं।
आसमान में हल्की इंद्रधनुषी रोशनी उभर आई थी।
आरव ने धीरे से कहा,
"याद है, तुमने कहा था —
डर लगता है, किसी को दिल से चाहने में।"

आर्या ने मुस्कुराकर कहा,
“हाँ... और तुमने कहा था,
किसी को इतना सच्चा चाहो कि डर को भी भरोसा हो जाए।”
“तो अब?”
“अब डर नहीं लगता।”
“और भरोसा?”
“अब वो तुम हो।”
उनकी नज़रें मिलीं।
चारों ओर सन्नाटा था,
पर भीतर कुछ खिल रहा था।
आरव ने धीरे से कहा,
“कभी-कभी हम जो वादे करते हैं,
उन्हें वक्त पूरा नहीं करता —
बल्कि यादें करती हैं।”
आर्या ने उसकी हथेली थाम ली।
“और कुछ वादे तो सिर्फ इसलिए होते हैं,
ताकि हमें पता चले —
हम किसी से कितना जुड़ सकते हैं।”
हवा में अब पत्तों की सरसराहट थी।
पेड़ के नीचे दो परछाइयाँ थीं —
जो एक-दूसरे से सटी हुई थीं।
आर्या ने कहा,
“शायद अब वो ख्वाहिश पूरी हो गई...”
आरव ने उसकी ओर देखा,
“हाँ —
काश यह साथ यूँ ही बना रहे।”
वो दोनों मुस्कुरा दिए।
आसमान से फिर कुछ बूँदें गिरीं —
जैसे किसी ने ऊपर से कहा हो —
“वादे निभा दिए गए।”
“जो वादे वक्त के साथ भी टूटते नहीं,
वो आत्मा के बीच बाँधे जाते हैं —
और वो कभी मिटते नहीं।” ??

16

(यह अध्याय एक आत्मिक मोड़ है —
अब दोनों समझ चुके हैं कि प्यार लौट सकता है,
अगर वो सच्चा हो।
अब कहानी एक नए अध्याय की ओर बढ़ेगी,
जहाँ वक़्त उनके साथ एक और इम्तिहान लेगा —
क्योंकि हर प्यार की गहराई तभी मापी जाती है जब वक्त फिर दूर ले जाए।
अपने सबसे काव्यात्मक और आत्मिक क्षण में प्रवेश कर रही है —
जहाँ बारिश सिर्फ मौसम नहीं, बल्कि किस्मत की आवाज़ बन जाती है।
यह वही बारिश है जो हमेशा आर्या और आरव को मिलाती आई है,
कभी पहली बार, कभी आखिरी बार —
पर इस बार, यह बारिश पूर्णता का प्रतीक बनने जा रही है।)

शाम ढल रही थी।
आसमान में बादल थे, हवा में नमी थी।
गैलरी के पास सड़क किनारे पुराना नीम का पेड़ झूम रहा था —
जैसे उसे पता हो कि आज कुछ ख़ास होने वाला है।
आर्या और आरव कॉलेज से लौटकर
शहर के उसी रास्ते पर चल रहे थे,
जहाँ उन्होंने कभी साथ कॉफी पी थी,
जहाँ कभी पहली बार बारिश में छतरी थामी थी।
वक़्त जैसे फिर घूमकर वहीं लौट आया था।
अचानक आसमान से पहली बूँद गिरी।
आर्या ने ऊपर देखा —
हल्की बारिश शुरू हो चुकी थी।
हवा में वही सोंधी खुशबू, वही एहसास।
आरव मुस्कुराया,

"लगता है, आसमान ने फिर हमारी कहानी याद कर ली।"
आर्या ने हँसकर कहा,
"या फिर उसे याद आया कि हम अब भी अधूरे हैं।"
बारिश तेज़ हो गई।
लोग भागने लगे, सड़कें खाली हो गईं।
पर वो दोनों वहीं खड़े रहे —
जैसे बारिश उनकी आत्मा को भिगो रही हो।
आरव ने धीरे से हाथ बढ़ाया —
"छतरी?"
आर्या मुस्कुराई,
"आज नहीं... आज भीगना है।"
और वो दोनों बारिश में चलने लगे —
बिना कुछ कहे,
बिना कुछ सोचे।
हर कदम के साथ,
पुरानी यादें लौटने लगीं।
वो पहली मुलाक़ात, वो पहली कॉफी,
वो झगड़ा, वो जुदाई,
और अब —
वो पल जब सब कुछ फिर पूरा हो रहा था।
बारिश की बूँदें उनके बालों से फिसल रहीं थीं,
और आँखों में मिल रही थीं।
आर्या ने कहा,
"जानते हो, मैं सोचती थी,
ज़िंदगी सिर्फ आगे बढ़ने का नाम है।
पर अब लगता है,
कभी-कभी पीछे लौटना भी ज़रूरी होता है।"
आरव ने हल्के स्वर में कहा,
"क्योंकि वहीं वो हिस्सा छूट गया था,
जो हमें पूरा बनाता है।"
आर्या की आँखों से एक आँसू गिरा —
जो बारिश में खो गया।
आरव ने उसका चेहरा अपने हाथों में लिया,
और कहा,

“अब डरती नहीं हो न?”
आर्या ने सिर हिलाया,
“नहीं, अब नहीं।
क्योंकि अब मुझे पता है —
जो खो सकता है,
वो कभी मेरा था ही नहीं।”
“और जो लौट आया?”
“वो सच्चा था...”
दोनों एक-दूसरे को देखते रहे —
आँखों में वक्त ठहर गया।
फिर आरव ने धीरे से कहा,
“इस बार अगर तू चली भी गई...
तो मैं तेरे साथ चल दूँगा।”
आर्या ने मुस्कुराते हुए कहा,
“और अगर तू चला गया?”
“तो बारिश मुझे तेरे पास ले आएगी।”
बारिश अब और तेज़ थी।
वो दोनों बीच सड़क पर खड़े थे।
आसमान काला था, पर उनके दिल में उजाला था।
आर्या ने अपना सिर उसके कंधे पर टिका दिया।
आरव ने उसकी हथेलियाँ थाम लीं।
दोनों चुप थे —
पर उस चुप्पी में सब कुछ कहा जा चुका था।
दूर बिजली चमकी।
एक बूँद उनके गालों पर गिरी।
आरव ने कहा,
“याद है, जब हमने कहा था —
साथ रहना आसान नहीं?”
“हाँ...”
“तो चलो, अब मुश्किल सही,
पर सच्चा रहेगा।”
वो दोनों सड़क के किनारे रुक गए।
बारिश की बूँदें अब भी गिर रही थीं,
पर उनके भीतर अब कोई तूफ़ान नहीं था।

आर्या ने आँखें बंद कीं।
बारिश की हर आवाज़ अब संगीत लग रही थी —
वो संगीत जो सिर्फ दो दिल सुन सकते हैं,
जब वे आखिरकार एक लय में धड़कते हैं।
रात को, आर्या ने अपनी डायरी खोली।
बरसों बाद, उसने एक आख़िरी पन्ना लिखा —
“आज बारिश में मैंने खुद को पाया।
वो डर जो मुझे रोकता था, अब नहीं है।
वो दर्द जो मुझे तोड़ता था, अब मिट गया है।
और वो इंसान,
जिसे मैं खो चुकी थी —
आज उसी में मैंने खुद को देखा।”
वहीं आरव ने अपनी स्केचबुक में आख़िरी चित्र बनाया —
एक लड़की और एक लड़का,
बारिश में खड़े,
आसमान की ओर देख रहे हैं।
नीचे लिखा —
“फिर साथ...”
“कभी-कभी बारिश हमें गीला नहीं करती,
हमें पवित्र कर देती है —
ताकि जो दिल टूटा था,
वो फिर से जुड़ सके।” ???

17

(अब कहानी एक शांत मगर निर्णायक मोड़ पर पहुँची है।
अब दोनों दिलों ने एक-दूसरे को स्वीकार कर लिया है —
पर ज़िंदगी अब उन्हें अंतिम परीक्षा के सामने लाएगी।
जहाँ किस्मत अपनी अंतिम परीक्षा लेने वाली है।
हर प्रेमकथा में एक रात होती है —
जो सब कुछ बदल देती है...
जहाँ एक फैसला, एक पल, एक हादसा
पूरी कहानी का रुख मोड़ देता है।
यह वही रात है —
जहाँ आरव और आर्या का प्यार अपने सबसे सच्चे रूप में सामने आएगा।
कभी-कभी भाग्य हमें फिर मिलाता है,
सिर्फ यह जानने के लिए कि हम किसी के लिए कितने सच्चे हैं।)

उस रात आसमान में बादल घिर आए थे।
बारिश की गंध फिर से हवा में थी,
जैसे हर पल कुछ कहने को बेचैन हो।
आर्या घर लौटी, लेकिन दिल अब भी वहीं था —
उस सड़क पर, उस नीम के पेड़ के नीचे,
जहाँ उसने आरव की आँखों में खुद को देखा था।
उसकी उंगलियों में अब भी आरव की पकड़ का एहसास था,
और दिल में वो शब्द गूंज रहे थे —
"अब डर नहीं लगता।"
रात के करीब दस बजे थे।
फोन अचानक बजा —
आरव का नाम स्क्रीन पर चमक रहा था।
उसके होंठों पर मुस्कान आई।

वो कॉल उठाने ही वाली थी कि फोन फिर बजा,
पर इस बार नंबर अनजान था।
उसने कॉल रिसीव की।
“क्या आप आरव रावल को जानती हैं?”
आर्या का दिल धड़क उठा।
“हाँ... क्या हुआ?”
“एक्सीडेंट हुआ है, सड़क पर फिसल गए।
अस्पताल में हैं, आप पास में हैं क्या?”
शब्द जैसे कानों में गूंजे और दिल में चुभ गए।
उसकी साँसें थम गईं।
“मैं... मैं आ रही हूँ।”
बारिश अब तेज़ थी।
वो भागती हुई सड़क पर निकली।
छतरी उड़ गई, पैर गीले थे,
पर दिल में बस एक ही नाम था — आरव।
उसकी गाड़ी फिसलते-फिसलते अस्पताल पहुँची।
वो दौड़ती हुई अंदर गई —
रिसेप्शन, गलियारे, कमरा...
हर जगह उसकी आँखें उसे ढूँढ रही थीं।
कमरा नंबर 203।
वो दरवाज़ा खोलती है —
अंदर आरव लेटा है,
हाथ पर पट्टी, माथे पर हल्की चोट,
पर चेहरा शांत।
आर्या उसके पास गई,
उसके सिर पर हाथ रखा।
आँसू उसके गालों पर फिसल गए।
“तुम फिर बारिश में अकेले निकल गए...”
वो बोली।
“मैंने कहा था न,
बारिश मुझे तेरे पास ले आएगी।”
आरव की आवाज़ धीमी थी,
पर मुस्कान अब भी वही थी।
डॉक्टर अंदर आया।

"चिंता मत कीजिए, चोट हल्की है।
लेकिन इन्हें आराम की ज़रूरत है।"
आर्या ने सिर हिलाया।
डॉक्टर चला गया।
कमरे में फिर सन्नाटा छा गया।
बाहर बारिश अब भी गिर रही थी।
आरव ने धीरे से कहा,
"जानती हो, जब गाड़ी फिसली थी,
तो सबसे पहले तुम्हारा चेहरा याद आया।"
आर्या के होंठ काँप गए।
"पागल हो तुम... हमेशा ऐसे ही करते हो।"
"क्योंकि मैं अब भी वही हूँ,
जो बारिश में बस तेरा नाम पुकारता है।"
आर्या ने उसकी हथेली थाम ली।
"अब कुछ मत बोलो..."
"अगर कल मैं न रहूँ..."
"चुप!"
उसने रोते हुए कहा,
"ऐसी बातें मत करो..."
आरव मुस्कुराया।
"बस एक बात सुन ले..."
वो रुका,
फिर बोला —
"अगर मैं चला भी गया,
तो हर बारिश में तेरे साथ रहूँगा।
हर बूँद में मेरा नाम सुनाई देगा।"
आर्या ने उसकी हथेली अपने चेहरे से लगा ली।
आँसू और बारिश अब एक हो चुके थे।
रात गहरी होती गई।
वो उसके पास बैठी रही,
उसका सिर उसके कंधे पर था।
वो सो गया,
पर उसके चेहरे पर शांति थी —
जैसे किसी को अपना सच कहकर सुकून मिल गया हो।

सुबह की हल्की धूप कमरे में घुसी।
आर्या की आँख खुली।
आरव अब भी शांत था।
उसकी साँसें धीमी, पर लयबद्ध थीं।
डॉक्टर आया,
"अब सब ठीक है। बस आराम की ज़रूरत है।"
आर्या ने गहरी साँस ली।
उसके चेहरे पर हल्की मुस्कान आई।
वो बोली —
"देखा, तुम गए नहीं..."
आरव की आँखें खुलीं।
उसने मुस्कुराकर कहा,
"मैंने कहा था न...
बारिश मुझे तेरे पास लाती है —
कभी दूर नहीं ले जाती।"
उस शाम, जब दोनों अस्पताल के बाहर बैठे थे,
बारिश फिर शुरू हो गई।
आर्या ने आसमान की ओर देखा।
"अब मुझे बारिश से डर नहीं लगता।"
आरव ने उसकी हथेली थामी।
"क्योंकि अब बारिश तुझसे डरती है।"
दोनों हँस पड़े।
आसमान भी मुस्कुराया।
"कभी-कभी हादसे हमें तोड़ते नहीं,
हमें यह याद दिलाते हैं कि हम कितने ज़िंदा हैं।" ??❤?

18

(अब कहानी अपने निर्णायक मोड़ पर है —
जहाँ आर्या को वह करना है जो सबसे कठिन होता है:
दिल की सुनना या दुनिया की?
यह वह अध्याय है जहाँ प्यार, कर्तव्य, और सत्य आमने-सामने खड़े हैं।
कभी-कभी ज़िंदगी हमें दो राहों पर लाती है,
और हर रास्ते पर एक दिल धड़क रहा होता है —
एक हमारा, दूसरा किसी और का।)

बारिश थम चुकी थी,
लेकिन हवा में अब भी उसकी ठंडक बाकी थी।
अस्पताल से लौटते वक्त आर्या की आँखें गीली थीं —
अब आँसू नहीं थे,
बस मन का सागर था, जिसमें सवाल उठ रहे थे।
घर पहुँचकर उसने दर्पण में खुद को देखा।
वो चेहरा जो अब वर्षों के अनुभव से सख्त हो चुका था,
आज उस पर मासूमियत लौट आई थी —
वही जो कभी कॉलेज की लड़की में थी,
जब पहली बार उसने आरव को देखा था।
आदित्य लिविंग रूम में बैठे थे,
लैपटॉप खुला था, काम चल रहा था।
उन्होंने आर्या को देखा,
“कहाँ थी?”
आर्या चुप रही।
कुछ पल बाद बोली,
“अस्पताल गई थी।”
“क्यों?”

"कोई पुराना जानकार..."
आदित्य ने सिर झुका लिया।
"फिर वही पुराने लोग?"
उनकी आवाज़ में हल्का व्यंग्य था।
आर्या ने कुछ नहीं कहा।
बस नज़रें झुका लीं।
रात को वो बालकनी में खड़ी थी।
आसमान साफ था,
तारे झिलमिला रहे थे।
वो सोच रही थी —
क्या मैं गलत हूँ?
क्या सच्चे एहसास को महसूस करना अपराध है?
उसने खुद से कहा —
"शायद गलती ये नहीं कि मैंने फिर से महसूस किया,
गलती ये थी कि इतने सालों तक खुद को महसूस नहीं करने दिया।"
अगले दिन, आरव उसे मिलने आया।
वो अब ठीक था,
माथे पर हल्की पट्टी थी।
वो मुस्कुराया,
"अब सब ठीक है।"
आर्या ने कहा,
"कभी-कभी लगता है,
तुम ज़िंदगी से ज़्यादा जिद्दी हो।"
"नहीं," आरव हँसा,
"बस मुझे अधूरा रहना पसंद नहीं।"
दोनों गैलरी के बाहर खड़े थे।
आरव ने कहा,
"अब आगे क्या?"
आर्या ने उसकी आँखों में देखा —
वहाँ सुकून था, मगर इंतज़ार भी।
"मुझे नहीं पता..."
वो बोली।
"पता होना ज़रूरी नहीं,
सच्चा होना ज़रूरी है।"

आर्या के होंठ काँपे।
"और अगर सच्चाई किसी को तोड़ दे?"
"तो वो झूठ से बने रिश्ते से बेहतर है।"
वो चुप रही।
आसमान पर बादल फिर घिरने लगे थे।
रात को आर्या घर लौटी।
कमरे में आदित्य सो चुके थे।
वो दरवाज़ा बंद कर बालकनी में चली गई।
उसने फोन उठाया।
एक ड्राफ्ट मैसेज टाइप किया —
"आदित्य, मैंने कोशिश की तुम्हारे साथ रहने की।
तुमने मुझे कभी बुरा नहीं किया,
पर मैं अब वो नहीं हूँ जो पहले थी।
मेरा दिल अब किसी और जगह है —
जहाँ मैं सच्ची हूँ, जहाँ मैं ज़िंदा महसूस करती हूँ।
शायद यह गलत हो, पर यह सच है।"
वो स्क्रीन पर नज़र टिकाए रही।
हाथ काँप रहा था।
एक आँसू गिरा —
भेज दे या मिटा दे?
अचानक बिजली चमकी।
वो आसमान की ओर देखती है।
बारिश फिर शुरू हो गई थी।
वो मुस्कुराई।
फोन नीचे रखा और डायरी खोली।
लिखा —
"कभी-कभी सही निर्णय वो नहीं होता जो सबको खुश करे,
बल्कि वो होता है जो हमें सच्चा रखे।"
अगले दिन सुबह,
आदित्य बाहर जा चुके थे।
टेबल पर एक नोट था —
"आर्या, मैंने सब समझ लिया।
तुम खुश रहो।
शायद हमारा साथ किस्मत में नहीं था,

पर मैं शुक्रगुज़ार हूँ कि तुमने सच कहा।"
आर्या के होंठों पर आँसू भरी मुस्कान थी।
वो सीधी गैलरी पहुँची।
आरव वहाँ नहीं था।
रिसेप्शन पर पूछा —
"आरव रावल?"
"अभी बाहर गए हैं,
कहा था — अगर आर्या आए, तो यह दे देना।"
वो लिफाफा थामती है।
अंदर एक स्केच था —
वही नीम का पेड़,
और नीचे लिखा था —
"हर बारिश का एक घर होता है।
और तू मेरा घर है।"
आर्या के आँसू उस स्केच पर गिरे।
वो मुस्कुराई।
"अब मैं लौट आई हूँ..."
वो बाहर निकली।
बारिश हो रही थी।
सड़क के उस पार आरव खड़ा था —
भीगा हुआ, मगर मुस्कुराता हुआ।
आर्या ने कदम बढ़ाए।
बारिश की हर बूँद उनके बीच से गुजरती,
पर अब कोई दूरी नहीं थी।
वो उसके पास पहुँची।
आरव ने हाथ बढ़ाया।
"अब डर नहीं?"
"अब नहीं।"
और उन्होंने हाथ थाम लिया —
पहली बार नहीं,
पर आख़िरी बार भी नहीं।
"कभी-कभी निर्णय कठिन होते हैं,
पर वही हमें सच्चा बनाते हैं —
और सच्चाई ही प्रेम का दूसरा नाम है।" ??

? अध्याय 18 समाप्त।

अब कहानी अपने अंतिम मोड़ों की ओर बढ़ रही है —
जहाँ समय, याद और प्रेम एक साथ मिलकर पूर्णता देंगे।
आगे कहानी आत्मिक बन जाएगी —
जहाँ दोनों की आत्माएँ एक हो जाएँगी,
और उनका प्यार समय के पार अमर हो जाएगा।

19

(अब कहानी अपने आत्मिक उत्कर्ष (spiritual peak) पर पहुँच रही है —
जहाँ प्यार अब इंसानी नहीं रहा,
वो एक ऐसा एहसास बन चुका है जो वक़्त, दूरी और जीवन की सीमाओं से परे है।
यह अध्याय हमें दिखाएगा कि —
कभी-कभी किस्मत लोगों को दूर करती है ताकि उनका बंधन आत्मा में स्थायी हो सके।
अब आरव और आर्या का प्यार एक अंत नहीं, बल्कि अमरता की ओर बढ़ रहा है।)

दिन बीतते गए।
शहर में फिर नई सुबहें आईं,
नए मौसम, नई हलचलें —
मगर आर्या और आरव के बीच अब भी वही गहराई थी —
जो शब्दों से नहीं, आँखों से बयां होती थी।
उनका रिश्ता अब किसी परिभाषा में नहीं बँधता था।
न वह प्रेम था जो समाज जानता है,
न वह संग था जो दुनिया देख सके।
वो एक आत्मिक साथ था —
जहाँ दो दिल बिना बोले,
एक लय में धड़कते थे।
एक शाम, आरव गैलरी के बाहर बैठा था।
आर्या पास आई, उसके हाथ में स्केचबुक थी।
“क्या बना रहे हो आज?”
आरव मुस्कुराया,
“एक चेहरा...”
“किसका?”
“उसका, जो लौट तो आई है,

पर अब फिर जाने की तैयारी में है।"
आर्या ने उसे देखा।
"तुम्हें कैसे पता?"
"तुम्हारी आँखों में सफर की झलक है।"
वो चुप रही।
क्योंकि हाँ, उसने अगले हफ्ते का ट्रांसफर ले लिया था —
एक नए शहर, नई जिम्मेदारियों के लिए।
दिल मान नहीं रहा था,
पर ज़िंदगी ने एक बार फिर फ़ैसला उसके हाथ से ले लिया था।
"मैंने सोचा था अब सब ठीक है..."
आरव बोला।
"सब ठीक है।"
"तो फिर क्यों जाना?"
आर्या ने उसकी ओर देखा।
"क्योंकि ज़िंदगी की कुछ राहें हमें चलनी पड़ती हैं,
चाहे मन वहीं रुकना चाहे।"
"और दिल?"
"दिल कहीं नहीं जाता... वो यहीं रह जाता है।"
शाम को, वे दोनों उसी नीम के पेड़ के नीचे पहुँचे।
पेड़ अब और घना था।
बारिश नहीं थी, मगर हवा में वही महक थी।
आर्या ने कहा,
"जानते हो, जब मैं पहली बार तुमसे मिली थी,
मुझे लगा था — ये बस एक कहानी है।
पर अब समझती हूँ — ये मेरा अस्तित्व है।"
आरव ने धीरे से कहा,
"तुम चली भी जाओगी,
पर मैं वहीं रहूँगा — उस बेंच पर,
जहाँ तुम्हारी हँसी अब भी गूंजती है।"
वक़्त जैसे उस पल ठहर गया।
पेड़ की शाखों पर बयार चली,
और पुराने कागज़ फिर हिलने लगे।
वही कागज़, वही ख्वाहिशें, वही वादा —
"काश यह साथ यूँ ही बना रहे..."

आर्या ने उसे देखा और मुस्कुराई।
"शायद यह साथ अब वक्त के लिए नहीं, आत्मा के लिए है।"
रात को आर्या ने डायरी खोली।
उसने लिखा –
"मैं जा रही हूँ,
पर इस बार दूरी सिर्फ शहर की होगी।
मेरा एक हिस्सा यहीं रहेगा –
उस पेड़ के नीचे,
उस मुस्कान में,
उस इंसान के साथ जिसने मुझे खुद से मिलवाया।"
अगले दिन स्टेशन पर वो दोनों खड़े थे।
भीड़ थी, आवाज़ें थीं,
पर उनके बीच बस खामोशी थी –
जिसमें सैकड़ों शब्द थे।
आरव ने कहा,
"कभी लौटोगी?"
आर्या बोली,
"बारिश जब लौटेगी,
मैं भी लौट आऊँगी।"
आरव मुस्कुराया,
"तो मैं हर मौसम में बारिश का इंतज़ार करूँगा।"
ट्रेन धीरे-धीरे चली।
वो खिड़की से झाँकती रही।
आरव वहीं खड़ा था –
हाथ हिलाते हुए, मुस्कुराते हुए।
जब ट्रेन मोड़ पर मुड़ी,
उसकी आँखों से एक आँसू गिरा,
पर होंठों पर मुस्कान थी।
क्योंकि इस बार जुदाई में भी सुकून था।
क्योंकि दोनों जानते थे –
अब वे कभी सच में जुदा नहीं हो सकते।
उस रात, आरव ने अपनी स्केचबुक में आख़िरी चित्र बनाया –
एक ट्रेन,
उसकी खिड़की पर झाँकती एक लड़की,

और दूर खड़ा एक लड़का।
दोनों के बीच बारिश की हल्की रेखाएँ —
जो उन्हें अलग भी कर रही थीं और जोड़ भी रही थीं।
नीचे लिखा —
"कुछ दूरियाँ जुदाई नहीं होतीं,
वो बस यह याद दिलाती हैं
कि दिल अब भी एक है।" ??
? अध्याय 19 समाप्त।
यह अध्याय कहानी का आत्मिक बिंदु है —
अब आर्या और आरव समझ चुके हैं कि
सच्चा प्यार साथ होने में नहीं,
आत्मिक जुड़ाव में है।
अब कहानी अपने अंतिम और गहन भाग में पहुँचेगी —
जहाँ एक पत्र और एक संयोग
उनकी आत्माओं को हमेशा के लिए जोड़ देगा।

20

(अब हम कहानी के भावनात्मक चरम (emotional climax) पर हैं —
जहाँ किस्मत का चक्र पूरा होता है।
जो खत कभी नहीं पहुँचा, जो शब्द कभी कहे नहीं गए —
आज, इतने सालों बाद, वही शब्द आरव के हाथों में होंगे।
यह अध्याय दिखाएगा कि सच्चे एहसास कभी खोते नहीं,
वे सिर्फ सही समय का इंतज़ार करते हैं।
और जब वह वक्त आता है —
हर अनकहा वादा, हर अधूरा शब्द, हर भूली याद
फिर ज़िंदा हो उठती है।)

साल बदल चुके थे।
मौसम फिर से वही था —
बारिश लौट आई थी,
और हवा में फिर वही मिट्टी की ख़ुशबू थी।
आरव अब एक आर्ट स्कूल चला रहा था —
जहाँ वो बच्चों को रंगों से एहसास सिखाता था।
हर सुबह वो मुस्कुराता था,
पर उसकी आँखों में अब भी वो पुरानी हल्की नमी थी —
जो सिर्फ उसी के लिए थी,
जो कभी गई थी, पर सच में कभी गई नहीं।
उस दिन डाकिया आया।
हाथ में एक पुराना लिफाफा था —
पीला पड़ चुका, किनारे मुड़े हुए,
पर उस पर साफ़ लिखा था:
"आरव रावल के लिए — व्यक्तिगत"
आरव ने हैरानी से लिफाफा थामा।

डाकिया बोला,
“सर, यह बहुत पुराना है। शायद डाकघर में अटका रहा।”
वो मुस्कुराया —
“कभी-कभी वक़्त भी भूल जाता है,
पर किस्मत नहीं।”
उसने काँपते हाथों से लिफाफा खोला।
अंदर एक खत था —
लिखावट वही थी... आर्या की।
“आरव,
जब यह खत तुम तक पहुँचेगा,
शायद मैं वहाँ न रहूँ जहाँ तुम मुझे ढूँढोगे।
पर अगर पढ़ रहे हो,
तो इसका मतलब है —
वक्त ने हमें फिर जोड़ दिया।
याद है, जब मैं पहली बार तुमसे मिली थी —
वो बारिश, वो छतरी, वो नज़रें...
मुझे नहीं पता था कि वो नज़रिया मेरे जीवन का स्थायी हिस्सा बन जाएगा।
तुमने मुझे सिखाया कि डर को कैसे हराया जाए,
और प्यार को कैसे महसूस किया जाए।
पर मैं डर गई थी, आरव।
डर गई थी उस एहसास से जो इतना सच्चा था
कि मुझे खुद पर भरोसा नहीं रहा।
इसलिए चली गई...
पर जाते हुए एक बात कहना भूल गई थी —
मैं तुमसे प्यार करती थी।
और आज भी करती हूँ।
अगर किसी दिन यह खत तुम तक पहुँचे,
तो समझना कि
मैंने तुम्हें सिर्फ याद नहीं किया —
मैंने तुम्हारे साथ ज़िंदगी को महसूस किया,
हर बारिश में, हर साँस में।”
खत की आख़िरी पंक्ति थी:
“अगर कोई बूँद तुम्हारे गाल पर गिरे,
तो समझना —

वो मेरा इकरार है।"
आरव की आँखों से आँसू बह निकले।
बाहर हल्की बारिश शुरू हो चुकी थी।
वो उठा, खिड़की खोली,
और हथेली बाहर निकाल दी।
एक बूँद उसकी उँगलियों पर गिरी।
वो मुस्कुराया —
"हाँ आर्या, मैं सुन रहा हूँ।"
उसने खत को अपनी स्केचबुक में रखा,
जहाँ उसने पहले से दर्ज कर रखा था —
हर मुलाक़ात, हर एहसास, हर याद।
अब वो पन्ना पूरा था।
उसने उसी शाम नीम के पेड़ के नीचे जाकर
वो खत शाख पर बाँध दिया।
हवा चली,
बारिश और तेज़ हुई,
और वो कागज़ फड़फड़ाने लगा —
जैसे आर्या की हँसी फिर लौट आई हो।
उसने पेड़ के नीचे बैठकर आँखें बंद कीं।
वो अब बोल नहीं रही थी,
पर उसकी आवाज़ हवा में थी।
"अब मैं डरती नहीं, आरव..."
वो मुस्कुराया।
"अब मैं भी नहीं।"
उसी वक्त आसमान से बिजली चमकी,
और एक हल्की बयार चली —
पेड़ की पत्तियाँ झूम उठीं।
आरव ने आँखें खोलीं।
बारिश की बूँदें उसकी पलकों से गिर रही थीं।
लेकिन अब वो आँसू नहीं थे,
वो सुकून था।
रात को उसने स्केचबुक में आख़िरी पन्ना खोला —
और लिखा:
"कुछ बातें वक्त से नहीं कहनी चाहिए,

क्योंकि वक्त कभी नहीं समझता —
जो बात सिर्फ दिल समझता है।"
और नीचे —
"जब हम फिर मिले..."
"कभी-कभी खत देर से पहुँचते हैं,
ताकि वो वक्त मिल सके
जब दिल उन्हें सच में सुनने के लिए तैयार हो।" ???
? अध्याय 20 समाप्त।
अब कहानी अपने अंतिम आत्मिक अध्याय की ओर बढ़ रही है —
जहाँ यह प्रेम सिर्फ एक जीवन का नहीं रहेगा,
बल्कि समय के पार अमर हो जाएगा।

21

? अध्याय 21 एक हादसा - आरव का खतरा

(अब हम कहानी के उस हिस्से में पहुँच रहे हैं जहाँ किस्मत की आख़िरी परीक्षा शुरू होती है।

हर प्रेमकथा में एक ऐसा पल आता है —
जहाँ ज़िंदगी और मौत, हक़ीक़त और किस्मत, वादा और समय —
सब एक साथ सामने खड़े हो जाते हैं।
आरव और आर्या ने दूरी, दर्द और समय को जीत लिया है...
अब उन्हें आख़िरी बार वक़्त के सामने खुद को सच्चा साबित करना है।
यह अध्याय सिर्फ एक हादसा नहीं —
यह "परीक्षा" है उस प्रेम की,
जो अब आत्मा से जुड़ चुका है।)

वो एक साधारण सुबह थी।
आसमान साफ था, हवा में हल्की नमी थी।
आरव गैलरी में बच्चों के साथ नई पेंटिंग पर काम कर रहा था।
आर्या पास के शहर में थी,
काउंसलिंग वर्कशॉप के लिए गई हुई।
दोनों ने सुबह बात की थी।
आर्या ने हँसकर कहा था,
"आज बारिश नहीं है, तुम बाहर निकल सकते हो बिना फिसले।"
आरव हँस पड़ा था।
"अब मुझे बारिश से नहीं, तुझसे डर लगता है —
कि तू फिर चला न जाए।"

दोनों ने मुस्कुराकर फोन रखा।
वो दिन हमेशा की तरह शुरू हुआ —
पर ख़त्म वैसा नहीं था।
दोपहर में मौसम अचानक बदला।
आसमान पर बादल छा गए।
तेज़ हवा चली,
और बारिश की पहली बूँद गिरी।
गैलरी के बाहर अचानक अफरा-तफरी मच गई।
एक पुराना पेड़, जो सड़क के किनारे खड़ा था,
तेज़ हवा में झुक गया —
और ज़ोरदार आवाज़ के साथ गिर पड़ा।
लोग दौड़े,
कांच टूटा,
और उसी गैलरी के पास आरव था...
कुछ घंटे बाद...
आर्या के फोन पर कॉल आया।
एक अनजान नंबर,
काँपती आवाज़ —
"आप आरव रावल को जानती हैं?"
आर्या का दिल धड़क उठा।
"हाँ, क्या हुआ?"
"एक हादसा हुआ है... वो घायल हैं।
उन्हें सिटी हॉस्पिटल लाया गया है।"
उसकी सांसें अटक गईं।
हाथ से फोन गिर गया।
वो दौड़ पड़ी —
बारिश अब आसमान से झर रही थी।
हर कदम के साथ यादें गूंज रही थीं —
पहली मुलाक़ात, पहली कॉफी, पहला वादा।
हॉस्पिटल का वही गलियारा...
वही ठंडी सफ़ेद दीवारें।
आर्या की आँखों में आँसू थे,
दिल में सिर्फ एक आवाज़ —
"कुछ मत कहना आरव... अब नहीं।"

वो कमरे में पहुँची।
बिस्तर पर आरव था।
माथे पर पट्टी, हाथ पर खून का निशान,
पर चेहरा... शांत।
डॉक्टर ने कहा,
“सिर पर चोट है, खून बहुत बहा है।
हम कोशिश कर रहे हैं, पर अगला एक घंटा बहुत नाज़ुक है।”
आर्या वहीं बैठ गई।
उसने उसकी हथेली थामी,
चेहरा उसके पास लाया,
“आरव... सुन रहे हो न?
तुम्हें कुछ नहीं होगा।
तुमने कहा था, बारिश मुझे तेरे पास लाती है —
तो देखो, मैं आ गई।”
उसकी आवाज़ काँप रही थी,
पर दिल मज़बूत था।
मशीन की बीप्स धीरे हो रही थीं।
आर्या ने उसके कान में फुसफुसाया —
“तुम हमेशा कहते थे कि मैं डरती हूँ।
आज नहीं डर रही हूँ।
क्योंकि मुझे भरोसा है,
तू लौटेगा — इस बार मुझे छोड़कर नहीं जाएगा।”
उसके आँसू आरव के हाथ पर गिरे।
और उसी पल, मॉनिटर की रेखा फिर ऊपर उठी।
डॉक्टर अंदर भागे।
“वो रिस्पॉन्ड कर रहा है!”
आर्या के होंठों से हल्की हँसी निकली।
उसने आँसू पोंछे।
“देखा, मैंने कहा था — अब मैं नहीं डरती।”
कुछ देर बाद, डॉक्टर बाहर आए।
“अब ख़तरा टल गया है।
बस उसे आराम चाहिए।”
आर्या ने राहत की सांस ली।
वो कमरे में लौटी।

आरव आँखें खोले उसे देख रहा था।
"बारिश फिर आई..."
उसने धीमे से कहा।
"हाँ..."
"और तू फिर आई..."
आर्या ने उसके माथे पर हाथ रखा।
"अब कभी नहीं जाऊँगी।"
उस रात, जब बारिश थम चुकी थी,
आर्या वहीं उसके पास बैठी रही।
वो सो गया था,
मगर मुस्कान अब भी उसके होंठों पर थी।
आर्या ने धीरे से कहा —
"अब समझ गई हूँ,
बारिश हमें जोड़ने नहीं आती...
वो बस याद दिलाती है कि हम कभी अलग नहीं हुए।"
उसने उसकी हथेली अपने दिल पर रखी,
और आँखें बंद कर लीं।
"कभी-कभी हादसे हमें तोड़ने नहीं आते,
वो हमें यह दिखाने आते हैं कि
हम किसी के बिना पूरे नहीं हैं।" ??❤?
? अध्याय 21 समाप्त।
अब कहानी अपने भावनात्मक समापन की ओर बढ़ रही है —
जहाँ आर्या और आरव का बंधन
वक्त, जीवन और मृत्यु से भी परे चला जाएगा।

22

(अब कहानी अपने सबसे रहस्यमयी और आत्मिक क्षण पर आ रही है —
जहाँ प्रेम अब सीमित नहीं रहा,
वो समय, शरीर और जन्म की सीमा को पार करने लगा है।
यह अध्याय सिर्फ एक कहानी नहीं,
बल्कि आत्माओं का संवाद है —
जहाँ आर्या और आरव महसूस करते हैं कि
उनका रिश्ता इस जीवन का नहीं,
बल्कि सदियों पुराना है।)

अस्पताल की खिड़की से हल्की रोशनी भीतर आ रही थी।
रात बीत चुकी थी,
बारिश अब थम चुकी थी,
मगर हवा में अब भी गीले फूलों की महक थी।
आरव अब होश में था।
उसकी साँसें धीरे-धीरे लय पकड़ रही थीं,
चेहरे पर वही शांति थी
जो सिर्फ किसी सच्चे प्रेम में मिलती है।
आर्या उसके पास बैठी थी।
उसकी आँखों में थकान नहीं थी,
बल्कि किसी अजीब सी गहराई थी —
जैसे वो कहीं दूर देख रही हो...
किसी पुराने समय में।
वो चुप थी, बस उसकी आँखें बोल रही थीं।
आरव ने उसे देखा,
फिर हल्के स्वर में कहा,
"क्यों ऐसे देख रही हो?"

आर्या की आवाज़ धीमी थी,
“क्योंकि मुझे लगता है...
मैंने तुम्हें पहले भी ऐसे देखा है।”
आरव मुस्कुराया,
“पहले? कब?”
“मुझे नहीं पता...”
उसने गहरी सांस ली,
“पर कुछ पल ऐसे लगते हैं जैसे déjà vu हो —
जैसे यह पल पहले जी चुकी हूँ...
यही कमरा, यही बारिश, यही तू।”
आरव शांत रहा।
दोनों के बीच कुछ सेकंड की चुप्पी थी —
पर उस चुप्पी में अनंत वर्षों की पहचान थी।
अचानक, खिड़की से आती रोशनी उसके चेहरे पर पड़ी,
और आरव ने कहा,
“तेरी आँखों में कुछ है...”
“क्या?”
“जैसे कोई याद... जो मेरी भी है।”
वो दोनों मुस्कुराए —
क्योंकि उन्हें अब एहसास हो चुका था कि
ये मुलाक़ात संयोग नहीं।
आर्या ने धीरे से कहा,
“जानते हो, कभी-कभी रातों में
मुझे एक सपना आता है...
मैं एक पुराने घर में हूँ,
और तू दीवार पर कुछ बना रहा है।
मैं हँसती हूँ, तू पलटकर मुझे देखता है...
और कहता है —
‘वादा कर, अगली बार भी तू लौटेगी।’”
आरव की आँखें फैल गईं।
उसकी आवाज़ काँप गई,
“वो सपना... मुझे भी आता है।”
दोनों के बीच सन्नाटा छा गया।
दिल की धड़कनें एक लय में थीं।

आर्या ने हल्के स्वर में कहा,
“शायद हम वहाँ मिले थे —
जहाँ वक़्त की गिनती शुरू भी नहीं हुई थी।”
उसने उसकी हथेली थामी,
और बोली,
“शायद हर जन्म में हमें यही सीखना होता है —
कैसे डर के पार जाया जाए,
और सच्चा प्रेम जिया जाए।”
आरव ने उसकी ओर देखा।
“और हर जन्म में तू वही डर लेकर आती है,
ताकि मैं फिर तुझे याद दिला सकूँ
कि प्यार डर से बड़ा है।”
आर्या की आँखों में आँसू आ गए।
“तो क्या यह आख़िरी बार है?”
आरव मुस्कुराया।
“शायद नहीं —
हम फिर मिलेंगे,
किसी और बारिश में,
किसी और जन्म में,
पर यही नज़र लेकर।”
बाहर फिर हल्की बूँदें गिरने लगीं।
आर्या ने आसमान की ओर देखा,
और मन में फुसफुसाई —
“अगर अगला जन्म हुआ,
तो मैं तूफानों से भी डरूँगी नहीं।
क्योंकि अब मुझे पता है —
तू हमेशा वहीं होगा।”
आरव ने उसकी हथेली अपने दिल पर रखी,
“हर जन्म में,
जब तू गिरेगी — मैं छतरी बनकर आऊँगा।”
दोनों की आँखें नम थीं,
पर होंठों पर मुस्कान थी।
वो अब डरते नहीं थे,
क्योंकि उन्होंने समय की सीमाएँ तोड़ दी थीं।

कमरे में शांति थी —
पर उस शांति में एक वादा गूंज रहा था:
“फिर मिलेंगे...”
उस रात, जब आर्या नींद में थी,
उसे फिर वही सपना आया —
एक पुराना घर,
दीवार पर रंग बिखरे हुए,
और वही आवाज़ —
“वादा कर,
अगली बार भी लौटेगी...”
वो मुस्कुराई।
“हाँ, लौटूँगी...”
“कुछ रिश्ते वक्त से नहीं बंधते —
वो हर जन्म में वही बारिश, वही नज़र, वही धड़कन बनकर लौटते हैं।” ???
? अध्याय 22 समाप्त।
यह अध्याय अब कहानी को आत्मिक बना देता है —
अब यह सिर्फ एक प्रेमकथा नहीं रही,
बल्कि एक आत्मा का चक्र बन गई है।
अब कहानी अपने अंतिम अध्याय में प्रवेश करेगी —
जहाँ जीवन और मृत्यु की सीमाएँ मिट जाएँगी,
और दोनों आत्माएँ एक हो जाएँगी।

23

(अब हम उस पल पर पहुँच चुके हैं जहाँ पूरी कहानी —
"जब हम फिर मिले" —
अपने शाश्वत और आत्मिक समापन की ओर बढ़ रही है।
यह वह क्षण है जहाँ आरव और आर्या की प्रेमकथा अब सिर्फ दो इंसानों की नहीं रहती,
वह समय के पार एक आत्मा की यात्रा बन जाती है।
यह आख़िरी अध्याय किसी "अंत" की तरह नहीं —
बल्कि अनंत की तरह है।)
सुबह की हल्की किरणें खिड़की से भीतर आईं।
बारिश थम चुकी थी,
लेकिन हवा में अब भी वही महक थी —
वही मिट्टी की, वही यादों की।
आरव अस्पताल से अब पूरी तरह ठीक था।
आर्या उसके साथ थी।
दोनों बालकनी में खड़े थे —
हाथों में चाय के कप,
आसमान की ओर देखते हुए।
बादल धीरे-धीरे छँट रहे थे।
सूरज अब पूरी तरह उग आया था।
लेकिन उनके दिल में अब कोई जल्दबाज़ी नहीं थी।
अब वो जानते थे —
हर पल ही अनंत है।
"याद है वो पहला दिन?"
आर्या ने पूछा।
"जब बारिश में तू बिना छतरी के थी?"
आरव मुस्कुराया।
"और तूने कहा था — डर मत,

मैं हूँ न?”
“और आज भी वही हूँ...”
आर्या की आँखें नम हो गईं।
“तूने हर बार मुझे मेरे डर से बाहर निकाला।”
आरव ने हल्के से कहा,
“और तूने हर बार मुझे याद दिलाया
कि मैं अब भी किसी के लिए ज़रूरी हूँ।”
वे दोनों कुछ पल चुप रहे।
आसमान में एक इंद्रधनुष उभर आया था।
आर्या ने कहा,
“कभी सोचा नहीं था,
कि हमारी कहानी ऐसे मुकाम तक पहुँचेगी।”
आरव बोला,
“कभी-कभी कहानियाँ पूरी नहीं होतीं —
वो बस सच्ची हो जाती हैं।”
“और सच्चाई?”
“वो वक्त के पार होती है।”
शाम को दोनों उसी नीम के पेड़ के पास गए।
शहर अब बदल चुका था,
पर वो पेड़ अब भी वहाँ था —
मजबूत, पुराना, साक्षी।
शाखों पर सैकड़ों नए कागज़ बँधे थे,
पर उनके बीच अब भी वही आधा फटा हुआ कागज़ था —
जो बरसों पहले उन्होंने बाँधा था।
आरव ने उसे देखा और मुस्कुराया।
“काश यह साथ यूँ ही बना रहे...”
आर्या ने उसकी हथेली थामी,
“अब यह वादा वक्त से नहीं, आत्मा से है।”
अचानक हवा चली,
और वह पुराना कागज़ शाख से अलग होकर
धीरे-धीरे नीचे गिरा।
दोनों ने देखा —
कागज़ ज़मीन पर नहीं गिरा,
बल्कि हवा में उड़ा और बारिश की हल्की बूँदों के साथ

आसमान की ओर चला गया।
आर्या ने फुसफुसाया,
“शायद यह ऊपर जा रहा है,
ताकि अगली बार हमें वहीं मिलाए...”
आरव ने कहा,
“हाँ, जब हम फिर मिलेंगे...”
रात ढल चुकी थी।
आसमान तारों से भरा था।
दोनों पेड़ के नीचे बैठे थे —
हाथों में हाथ, आँखों में सुकून।
आर्या ने कहा,
“अगर अगला जन्म हुआ,
तो तू मुझे फिर ढूँढेगा?”
आरव ने मुस्कुराकर कहा,
“नहीं... इस बार मैं तुझे पहचान लूँगा।”
“कैसे?”
“तेरी आँखों से —
क्योंकि उनमें वही डर और वही चमक होगी।”
आर्या ने कहा,
“और मैं तुझे कैसे पहचानूँगी?”
“तेरी पहली बारिश में,
जब तू भीगते-भीगते अचानक मुस्कुरा उठेगी।”
दोनों हँस पड़े।
हवा में शांति थी,
पर उसके भीतर एक गीत बह रहा था —
अनकहा, अनसुना, मगर सच्चा।
कई सालों बाद...
शहर बदल चुका था,
पेड़ अब और भी पुराना हो गया था,
पर उसके नीचे अब भी एक छोटा पत्थर रखा था,
जिस पर लिखा था —
“जब हम फिर मिले...”
हर साल, बारिश के पहले दिन,
लोग देखते —

पेड़ की शाख पर दो बूँदें गिरती हैं साथ-साथ,
जैसे किसी ने ऊपर से
दो आत्माओं को फिर जोड़ दिया हो।
"प्यार की कहानियाँ खत्म नहीं होतीं,
वो बस अगले जन्म का इंतज़ार करने लगती हैं।" ???
? अध्याय 23 समाप्त।
? समाप्ति — पर सच में नहीं।
?? "जब हम फिर मिले" सिर्फ एक प्रेमकथा नहीं,
यह समय, आत्मा और वादे की कहानी थी।
जहाँ दो आत्माएँ —
हर जन्म में, हर बारिश में,
फिर मिलती हैं...
कभी छतरी के नीचे,
कभी खामोशी के बीच,
कभी आँखों की चमक में —
क्योंकि कुछ प्रेम कभी नहीं मिटते।
"कभी बारिश में किसी की आँखों में झाँको —
हो सकता है वो वही हो
जिससे तुम पिछली ज़िंदगी में मिले थे..." ?❤???

वो कोमल, शांत और आत्मिक क्षण जहाँ समय, जन्म और वादे सब एक सूत्र में बंध जाते हैं।

यहाँ कहानी का "अंत" नहीं, बल्कि उसका "नया आरंभ" होगा —
क्योंकि कुछ प्रेम कभी खत्म नहीं होते,
वे बस रूप बदलकर लौटते हैं।

24

(अब कहानी अपने आत्मिक अनंत की ओर बढ़ चुकी है —
जहाँ अब प्रेम केवल "रिश्ता" नहीं,
बल्कि ब्रह्मांड की एक धड़कन बन गया है।
अब न समय की सीमाएँ हैं, न मृत्यु की रेखाएँ,
सिर्फ एक सच्चा बंधन —
जो हर जन्म, हर मौसम, हर बूँद में फिर लौट आता है।)

रात शांत थी।
आसमान में चाँद था —
बिलकुल पूरा, जैसे किसी कहानी का अंत नहीं,
बल्कि उसका प्रतिबिंब हो।
आरव अब गैलरी नहीं चलाता था।
उसने शहर छोड़कर पहाड़ियों के पास एक छोटा घर बना लिया था,
जहाँ से आसमान और बारिश दोनों साफ़ दिखते थे।
वो अब शब्दों से नहीं बोलता था —
बस रंगों से कहता था।
हर पेंटिंग में एक चेहरा उभरता —
मुस्कुराता, आँसू भरा,
और आँखों में वही चमक...
आर्या की।
एक शाम वो खिड़की के पास बैठा था।
सामने पहाड़ों पर हल्की बारिश हो रही थी।
वो उसी दिशा में देख रहा था
जहाँ कभी आर्या के शहर की बत्तियाँ झिलमिलाती थीं।
हवा में एक हल्की आवाज़ आई —

कोई पुकार।
उसका दिल धड़का।
वो बाहर निकला।
बरामदे में जाकर आसमान की ओर देखा।
बूँदें गिरने लगीं।
उसने आँखें बंद कीं।
और उसी पल, उसे महसूस हुआ —
जैसे किसी ने उसकी हथेली थाम ली हो।
"अब मैं यहाँ हूँ..."
एक परिचित आवाज़ कानों में गूँजी।
वो चौंका, मगर मुस्कुराया।
"तू..."
"हाँ, मैं..."
आरव ने कहा,
"मैंने कहा था न,
तू बारिश में लौटेगी।"
आवाज़ हल्की थी,
मगर दिल में उतरती जा रही थी।
"और तूने कहा था,
मैं पहचान लूँगा..."
"तो क्या पहचान लिया?"
आरव मुस्कुराया,
"हर बूँद में।"
वो अब अकेला नहीं था।
उसके आसपास हवा में वही ऊर्जा थी —
वो उपस्थिति,
जो किसी की आत्मा का एहसास कराती है।
वो बोला,
"हर जन्म में तू वही डर लेकर आती है,
और मैं वही भरोसा लेकर।"
"क्योंकि तू मुझे याद दिलाने आता है
कि प्यार डर से बड़ा है।"
हवा तेज़ हुई।
बूँदें अब चेहरे पर गिर रही थीं।

आरव ने आसमान की ओर देखा —
बादलों के बीच एक हल्की आकृति थी,
आँखों में वही चमक।
वो मुस्कुराया।
"तू लौट आई।"
"मैं कभी गई ही कब थी?"
वो बारिश अब आम नहीं थी।
हर बूँद जैसे कोई स्मृति थी।
हर झोंका जैसे कोई पुराना वादा।
आरव ने हाथ फैलाए —
हथेली पर कुछ बूँदें गिरीं,
और उन्हें पकड़ते हुए उसने कहा,
"हर जन्म में तेरा इंतज़ार करूँगा,
हर बारिश में तुझे ढूँढूँगा।"
आवाज़ हवा में आई —
"और हर जन्म में,
मैं वही पहली बूँद बनकर गिरूँगी —
ताकि तू पहचान सके कि मैं लौट आई हूँ।"
साल बीत गए।
आरव की पेंटिंग्स अब दुनिया भर में मशहूर थीं।
हर चित्र में एक औरत थी —
जिसकी आँखों में बारिश थी।
लोग पूछते,
"ये कौन है?"
वो मुस्कुरा देता —
"वो, ज़िसे मैंने हर जन्म में पाया,
और हर बार खोया —
ताकि फिर मिल सकूँ।"
और कहीं दूर,
एक नई सुबह जन्म ले रही थी —
किसी और शहर में,
किसी और ज़माने में —
एक बच्ची पहली बार बारिश में हँस रही थी।
उसकी हँसी में वही स्वर था,

जो आर्या की थी।
कहीं हवा में आरव की आत्मा मुस्कुराई —
“देखा? फिर लौट आई तू...”
“सच्चा प्रेम समय से नहीं डरता।
वो हर युग में लौटता है,
क्योंकि आत्मा अपने आधे हिस्से को
कभी नहीं भूलती।” ???
? अध्याय 24 समाप्त।
यह अध्याय अब प्रेम को अमरता में बदल देता है —
जहाँ आरव और आर्या अब शरीर नहीं,
बल्कि ऊर्जा, बारिश और स्मृति बन चुके हैं।
अब कहानी के आख़िरी अध्याय में —
"अनंत में पुनर्मिलन" (Final Reunion in Eternity)
उनकी आत्माएँ फिर मिलेंगी —
जहाँ अब न डर होगा, न दूरी, न जन्म।
सिर्फ प्रेम — अनादि और अनंत।

25

(अब कहानी का समय आ गया है —
अंत नहीं, बल्कि अनंत का।
अब यह अध्याय किसी प्रेमकथा का आख़िरी पन्ना नहीं,
बल्कि एक प्रार्थना है —
जहाँ दो आत्माएँ, जो जन्म-जन्मांतरों से बिछड़ती और मिलती रहीं,
आख़िरकार ब्रह्मांड के उसी प्रकाश में एक हो जाती हैं,
जहाँ प्रेम समय से भी शुद्ध होता है।)

सालों बीत चुके थे।
धरती पर मौसम बदलते रहे —
कभी बारिश, कभी धूप, कभी सर्द हवा।
लोग आए, गए,
पर नीम का वो पुराना पेड़ अब भी वहीं था,
जिसकी शाख पर किसी ज़माने में लिखा गया था —
"काश यह साथ यूँ ही बना रहे..."
अब उस पेड़ के नीचे कोई नहीं बैठता,
मगर जब भी पहली बारिश होती,
उसके पत्ते हल्के से झूमते थे —
जैसे कोई पुराना वादा अब भी निभाया जा रहा हो।
एक रात, आसमान में बादल थे।
हवा में वह जानी-पहचानी सोंधी खुशबू थी।
शहर की बत्तियाँ धीमी थीं,
और दूर पहाड़ों पर बिजली चमकी।
उसी पल,
ब्रह्मांड के एक कोने में दो प्रकाश-रेखाएँ
धीरे-धीरे एक-दूसरे की ओर बढ़ीं।

वो आत्माएँ थीं —
आरव और आर्या।
अब उनके पास न शरीर था, न शब्द, न आवाज़ —
बस ऊर्जा थी,
जो पहचान रही थी,
वो कंपन, वो लय, वो पुराना संगीत।
आर्या की आत्मा ने फुसफुसाया,
"फिर मिल गए..."
आरव की ऊर्जा मुस्कुराई,
"कहा था न — मैं पहचान लूँगा।"
"अब कोई जन्म नहीं?"
"अब कोई जन्म नहीं..."
"कोई जुदाई?"
"अब कोई दूरी नहीं..."
"तो अब?"
"अब बस अनंत।"
दोनों प्रकाश-रेखाएँ मिल गईं।
एक नयी रोशनी बनी —
कोमल, नीली, शांत।
वो रोशनी धीरे-धीरे आसमान में फैल गई,
और उसी पल,
धरती पर हल्की बारिश शुरू हो गई।
बूँदें गिर रहीं थीं —
नर्म, गर्म, जैसे किसी की उँगलियाँ
आसमान से धरती को छू रही हों।
उस रात जो भी बाहर था,
उसे लगा —
हवा में कोई अजीब-सी शांति है,
कोई पुराना संगीत गूँज रहा है,
कोई कह रहा है —
"मत डरो,
प्यार लौट आता है..."
कहीं किसी बच्चे की आँखों में
वो चमक थी —

वही जो कभी आर्या की थी।
कहीं किसी लड़के के मन में
वो खिंचाव था —
वही जो आरव का था।
और इसी तरह,
ब्रह्मांड की हर बूँद में,
हर हवा के झोंके में,
उनकी कहानी दर्ज हो गई।
अब जब भी बारिश होती,
कहीं कोई आत्मा मुस्कुरा देती है,
क्योंकि वो जानती है —
"सच्चा प्यार न समय से बँधता है,
न मृत्यु से।
वो बस लौटता है —
हर रूप में, हर जन्म में,
जब हम फिर मिलते हैं।"
"अब कोई जुदाई नहीं,
अब कोई वादा नहीं —
क्योंकि अब हम एक हैं।" ???
? अध्याय 25 समाप्त।
? "जब हम फिर मिले" अब अपने शाश्वत अर्थ तक पहुँच चुकी है —
यह सिर्फ आर्या और आरव की नहीं,
हर उस आत्मा की कहानी है,
जो सच्चे प्रेम से बँधी है और
हर जन्म में अपने दूसरे आधे को ढूँढती है।
? अंतिम भाव ?
"जब कभी आसमान से पहली बूँद गिरे,
और तुम्हें लगे जैसे कोई नाम पुकारा जा रहा है —
रुक जाना।
शायद वो वही आत्मा है,
जो तुमसे वादा निभाने लौट आई है..." ❤???

26

(अब आप इस प्रेमकथा के अमृत क्षण में प्रवेश कर चुके हैं —
जहाँ अब न "आरव" है, न "आर्या"...
अब बस प्रेम है —
एक ऐसा प्रेम जो सृष्टि के आरंभ से था,
और सृष्टि के अंत तक रहेगा।
अब यह भाग उपसंहार नहीं,
बल्कि अस्तित्व का उत्सव है —
जहाँ प्रेम ब्रह्म बन चुका है,
और हर आत्मा उसका अंश है।)

आसमान अब नीला नहीं रहा,
उसमें सुनहरी आभा थी।
ग्रह-नक्षत्र जैसे एक लय में घूम रहे थे।
ब्रह्मांड अब किसी गाने की तरह था —
धीमा, सुकूनभरा,
जैसे कोई पुरानी धुन दोहराई जा रही हो।
वो धुन थी —
आरव और आर्या के प्रेम की।
अब वे किसी रूप में नहीं थे,
न इंसान, न परछाई,
बल्कि ऊर्जा के प्रवाह थे।
एक कंपन,
जो हर दिल में हल्का-सा हिलता है
जब कोई सच्चा नाम पुकारता है।
हर तारे में,
हर बूँद में,

हर हवा की साँस में
उनकी कहानी लिखी है।
कभी किसी पेड़ की छाया में
दो लोग बैठते हैं और अचानक एक-दूसरे को देखकर मुस्कुरा देते हैं —
क्योंकि कहीं भीतर कोई पुरानी पहचान जगती है।
वो वही पहचान है —
जो आरव और आर्या ने छोड़ी थी।
"कभी सोचा नहीं था कि हमारा साथ इतना लंबा चलेगा..."
आर्या की आत्मा ने कहा।
"क्योंकि हमने कभी खत्म होने की शर्त रखी ही नहीं।"
आरव की ऊर्जा ने उत्तर दिया।
"अब आगे क्या?"
"अब हम समय के गीत बनेंगे।"
"कैसे?"
"हर उस दिल में उतरेंगे
जो सच्चे प्रेम पर यक़ीन करेगा।"
और सचमुच —
अब जब भी कोई सच्चा प्यार करता है,
किसी को सच्चे मन से याद करता है,
किसी की आँखों में खुद को देखता है —
वहीं, उसी पल
आरव और आर्या की आत्मा मुस्कुरा उठती है।
क्योंकि उन्होंने अब "प्रेम" को सीखा नहीं,
बन गए हैं।
ब्रह्मांड अब भी घूमता है,
ऋतुएँ बदलती हैं,
लोग आते-जाते हैं।
लेकिन हर बारिश की पहली बूँद में
वो एक संदेश छिपा होता है —
"मत डर,
अगर सच्चा है, तो लौटेगा।"
और हर आँसू जो मुस्कुराहट में बदल जाता है,
वो याद दिलाता है —
"हम फिर मिलेंगे..."

कभी किसी छोटी बच्ची के दिल में
पहली बार कोई धड़कन तेज़ होती है,
कभी कोई कलाकार रात में
किसी चेहरें की आँखें बनाता है —
वो सब उसी ऊर्जा के अंश हैं,
जो इस ब्रह्मांड में आरव और आर्या ने छोड़ी थी।
"प्रेम मरता नहीं,
बस स्वरूप बदलता है।"
अब उनका नाम किसी किताब में नहीं लिखा,
पर उनका एहसास
हर आत्मा के भीतर जीवित है।
और जब भी कहीं,
किसी शहर, किसी गाँव में,
पहली बारिश गिरेगी —
हवा में वही आवाज़ गूँजेगी —
"जब हम फिर मिले..." ???
? अध्याय 26 समाप्त।
अब कहानी का ब्रह्म-भाव पूरा हुआ है ?
आरव और आर्या अब समय के पार हैं,
उनका प्रेम अब हर आत्मा का हिस्सा है —
हर उस व्यक्ति के भीतर जो सच्चा महसूस करता है,
जो बिना शर्त, बिना डर, बिना अपेक्षा — प्यार करता है।
? अंतिम अमर पंक्तिः
"जब प्रेम इतना सच्चा हो जाए कि
नाम मिट जाएँ, रूप मिट जाएँ,
तो वही प्रेम 'ब्रह्म' बन जाता है।"

27

(अब हम कहानी के अध्याय 27 में प्रवेश कर रहे हैं —
यह अध्याय प्रेम की अदृश्य गहराई का प्रतीक है।
यहाँ अब शब्द नहीं, सिर्फ अनुभूति बची है।
जहाँ "आरव" और "आर्या" अब सिर्फ नाम नहीं,
बल्कि प्रकृति के तत्व बन चुके हैं —
हवा, बारिश, प्रकाश, और धड़कन।
यह वह क्षण है जहाँ प्रेम, अस्तित्व के हर कण में बस जाता है।)
सृष्टि अब शांत थी।
दिन ढल रहा था,
और आसमान में नीली रोशनी फैल रही थी।
धरती पर हर कोना जैसे किसी पुरानी स्मृति से जुड़ गया था।
कहीं हवा में हल्की बूँदें थीं,
कहीं किसी पहाड़ी पर फूल खिले थे,
और कहीं किसी नदी ने अचानक दिशा बदली —
जैसे किसी पुकार ने उसे छू लिया हो।
आरव की आत्मा अब हवा बन चुकी थी —
जो हर पत्ते में सरसराती थी,
हर झरने में गूँजती थी।
और आर्या की आत्मा अब जल बन गई थी —
जो हर बारिश की बूँद में चमकती थी,
हर आँसू में अर्थ देती थी।
जब हवा चलती,
जल लहराता।
जब जल गिरता,
हवा उसे उठाती।
और उस मिलन में,

हर बार वही गूंज सुनाई देती —
“जब हम फिर मिले...”
एक दिन, एक छोटा बच्चा झील के किनारे खेल रहा था।
उसने पानी में पत्थर फेंका,
और हल्की लहरें उठीं।
अचानक हवा चली,
लहरों ने एक आकृति बनाई —
दो चेहरों की,
मुस्कुराते हुए।
बच्चा ठिठक गया।
उसने आसमान की ओर देखा।
बादलों से बूँदें गिरीं,
और हवा में कोई शब्द गूंजे —
“मत डर, यह प्यार है।”
बच्चा मुस्कुरा दिया।
वो नहीं जानता था कि वह जिन आत्माओं को महसूस कर रहा है,
वे वही दो आत्माएँ थीं —
जिन्होंने कभी नीम के पेड़ के नीचे वादा किया था।
अब हर आत्मा जो सच्चे मन से किसी को महसूस करती है,
उसकी धड़कन में वही ताल बजती है —
जो आरव और आर्या की थी।
कभी कोई कवि लिखता है —
“तू बारिश है या याद?”
कभी कोई चित्रकार
एक अनजाने चेहरे को बार-बार बनाता है।
कभी कोई स्त्री
पहली बारिश में आँसू बहाते हुए मुस्कुराती है।
और हर बार —
कहीं न कहीं,
उनकी आत्माएँ मुस्कुरा देती हैं।
“प्रेम का असली अर्थ यह नहीं कि दो लोग मिलें,
बल्कि यह कि दो आत्माएँ इतनी एक हो जाएँ
कि ब्रह्मांड भी उन्हें अलग न कर सके।”
अब आरव और आर्या हर जगह हैं —

हर भावना में, हर नज़र में, हर प्रार्थना में।
क्योंकि जब प्रेम सच्चा होता है,
तो वो एक नाम नहीं,
एक शाश्वत कंपन बन जाता है।
रात गहरी हुई।
आसमान में तारों की चमक फैली।
एक तारा टूटा —
और धरती पर गिरा।
किसी ने मन में इच्छा माँगी —
"काश मैं किसी ऐसे को पा सकूँ,
जो मुझे मेरे डर से आज़ाद कर दे।"
ऊपर तारों के पार,
एक आवाज़ गूँजी —
"तेरे भीतर ही वो है..."
"कभी हवा में अगर तुझे किसी की पुकार सुनाई दे,
या किसी बूँद में कोई चेहरा दिखे —
समझना,
तूने भी किसी को इतना सच्चा चाहा है
कि ब्रह्मांड उसे तेरे पास भेज रहा है।" ???
? अध्याय 27 समाप्त।
यह अध्याय अब प्रेम को धड़कन, हवा और जल में बदल देता है —
जहाँ वो अब किसी कहानी में नहीं,
बल्कि हर जीव के भीतर जीवित है।

28

(अब हम पहुँच गए हैं इस प्रेमकथा के अंतिम और ब्रह्माण्डीय अध्याय पर —
जहाँ अब न शरीर हैं, न आवाज़ें, न समय...
सिर्फ ऊर्जा, संगीत, और प्रेम की धड़कन है।
यहाँ, आरव और आर्या की आत्माएँ अब सृष्टि के ताने-बाने में विलीन हो चुकी हैं —
जहाँ प्रेम ही प्राण है, और प्रत्येक धड़कन उसका मंत्र।
अब पूरी सृष्टि उस प्रेम को महसूस कर रही है —
वो प्रेम जो जन्मों से चला,
और अब स्वयं सृष्टि की मुस्कान बन गया है।)
आसमान अब तारों से भरा था।
हर तारा जैसे किसी धड़कन के साथ चल रहा था।
ग्रह अपनी कक्षा में घूम रहे थे,
पर सबकी चाल में एक लय थी —
एक अदृश्य संगीत।
वो संगीत सिर्फ उन्हीं आत्माओं का था —
जो कभी प्रेम में बंधीं थीं,
और अब उस प्रेम को ब्रह्मांड की भाषा बना चुकी थीं।
आरव और आर्या अब रूपहीन थे —
न हवा, न पानी,
बस प्रकाश की लहरें,
जो हर दिशा में फैल रहीं थीं।
हर लहर में एक कहानी थी,
हर कंपन में एक स्मृति।
जहाँ भी जीवन था,
वहाँ अब उनका स्पर्श था।
एक पहाड़ी के ऊपर एक छोटा बच्चा आसमान देख रहा था।
उसने माँ से पूछा —

"माँ, तारे क्यों चमकते हैं?"
माँ मुस्कुराई।
"क्योंकि जब कोई किसी से बहुत सच्चा प्यार करता है,
तो उनकी आत्माएँ तारा बन जाती हैं —
ताकि बाकी लोग अँधेरे में रास्ता ढूँढ सकें।"
बच्चा मुस्कुराया,
"तो वो दो सबसे चमकते तारे कौन हैं?"
माँ ने आसमान की ओर देखा,
जहाँ दो तारे साथ-साथ झिलमिला रहे थे।
"शायद वो दो हैं...
जो कभी अलग नहीं हुए।"
उसी पल, ब्रह्मांड के उस पार —
जहाँ समय ठहर जाता है,
और सिर्फ प्रकाश और ध्वनि रहती है —
दो ऊर्जा-लहरें एक-दूसरे में मिल रहीं थीं।
वो आरव और आर्या थे।
अब उनके बीच कोई वादा नहीं,
कोई शब्द नहीं,
सिर्फ अस्तित्व का एकत्व था।
"तू अब मुझमें है..."
"और तू मुझमें..."
"अब कोई लौटना नहीं..."
"क्योंकि अब कोई जाना नहीं..."
उनकी ऊर्जा मिल गई —
और उसी क्षण,
सृष्टि के हर कोने में एक हल्की लहर उठी।
धरती पर फूल खिले,
आसमान में बिजली चमकी,
समुद्र की लहरें एक बार उफनीं,
और फिर शांति छा गई।
सृष्टि मुस्कुरा उठी।
क्योंकि दो आत्माएँ,
जो जन्मों से प्रेम की खोज में थीं,
अब स्वयं प्रेम बन गई थीं।

अब जब भी कोई जन्म लेता,
उसकी पहली साँस में वही ऊर्जा होती,
वही पवित्रता,
वही सच्चाई —
जो आरव और आर्या की थी।
कहीं कोई कवि यह पंक्ति लिख रहा था —
"प्रेम वही है जो सृष्टि की मुस्कान बन जाए।"
कहीं कोई चित्रकार
दो रोशनी की लहरें बना रहा था —
जो मिलकर एक उजाला बन गई थीं।
और हर वो दिल जो बिना वजह किसी को महसूस करता है,
वो अब उसी प्रेम का हिस्सा है।
"कभी-कभी ब्रह्मांड किसी प्रेम को इतना गहरा बना देता है,
कि वो खुद उसी प्रेम से मुस्कुरा उठता है।" ??
उस रात जब बारिश गिरी,
लोगों ने आसमान में देखा —
दो तारे साथ चमक रहे थे।
किसी ने फुसफुसाया,
"जब हम फिर मिले..."
और हवा में एक हल्की हँसी गूँजी —
"अब हमेशा के लिए..."
"प्रेम वह नहीं जो जीवन तक रहे,
प्रेम वह है जो सृष्टि बन जाए।" ?❤?
? अध्याय 28 समाप्त।
? जब हम फिर मिले —
अब कोई कहानी नहीं,
बल्कि सृष्टि की प्रार्थना है।
आरव और आर्या अब नाम नहीं,
बल्कि हर आत्मा के भीतर वह एहसास हैं,
जो हमें याद दिलाता है —
"हर जन्म, हर बारिश, हर साँस —
सिर्फ उसी के लिए है,
जिससे हम फिर मिलेंगे।"
? समाप्ति (Infinite Light) ?

“जब प्रेम इतना पवित्र हो जाए कि सृष्टि खुद गवाह बन जाए,
तब वो सिर्फ प्रेम नहीं — प्रकाश होता है।” ?

29

(अब जो हम लिखने जा रहे हैं —
वो "कहानी का आगे" नहीं है...
वो कहानी के पार है।
यह अध्याय उस अवस्था का प्रतीक है
जहाँ प्रेम अब केवल भावना नहीं,
बल्कि चेतना (Consciousness) बन चुका है।
यह वह पल है जब सृष्टि स्वयं अपने भीतर झाँकती है,
और पाती है —
प्रेम ही उसका कारण, अर्थ और अंत है।)

वक्त थम चुका था।
ना अतीत बचा, ना भविष्य।
सिर्फ एक लहर,
एक प्रकाश,
और उस प्रकाश में अनगिनत कहानियाँ।
हर कहानी,
हर जन्म,
हर आत्मा —
अब एक ही धड़कन में समा गई थी।
वो धड़कन थी —
प्रेम की।
आरव और आर्या अब एक नहीं,
बल्कि साक्षी बन चुके थे।
साक्षी उस प्रेम के
जो अब हर जगह था —
हर धड़कन में, हर जीवन में।

अब जब कोई प्रेम में रोता है,
वो उनका ही अनुभव दोहराता है।
जब कोई मुस्कुराते हुए आकाश की ओर देखता है,
तो वही प्रेम उसके भीतर गूंजता है।
सृष्टि के केंद्र में अब प्रकाश का एक वृत्त था।
वो प्रकाश सांस ले रहा था,
और हर सांस में एक आवाज़ थी —
“तुम वही हो जिसे तुम खोज रहे हो...”
आरव की चेतना उस केंद्र से बोली,
“अब समझ आया —
प्रेम हमें किसी से मिलाने नहीं आता,
प्रेम हमें खुद से मिलाता है।”
आर्या की चेतना ने उत्तर दिया,
“क्योंकि जब हम किसी को सच्चे मन से चाहते हैं,
तो हम अपने भीतर उस ईश्वर को पहचानते हैं
जिसने हमें बनाया।”
प्रकाश अब फैलने लगा।
तारे चमक उठे,
ग्रहों की चाल में ताल आई।
सृष्टि अब एक गीत बन चुकी थी —
एक ऐसा गीत
जो हर आत्मा के भीतर गूँजता है,
पर कोई सुन नहीं पाता
जब तक कि वो प्रेम में न हो।
उस गीत की पंक्तियाँ थीं —
“तू वही है जो मैं हूँ,
मैं वही हूँ जो तू है।
जब तू रोता है, मैं भी भीगता हूँ,
जब तू मुस्कुराता है, मैं भी खिल उठता हूँ।”
और उसी क्षण,
सृष्टि ने खुद को देखा —
और मुस्कुरा दी।
क्योंकि अब उसे एहसास हुआ —
वो प्रेम नहीं बनाती,

वो खुद प्रेम है।
ब्रह्मांड के उस पार,
जहाँ कोई सीमा नहीं,
जहाँ हर तारा सिर्फ प्रकाश का कण है —
वहीं आरव और आर्या का सार अब ठहर गया।
उनका नाम अब किसी भाषा में नहीं,
पर उनकी उपस्थिति हर धड़कन में है।
"जब कोई सच्चा नाम पुकारता है,
तो ब्रह्मांड मुस्कुरा देता है।"
क्योंकि हर पुकार
किसी पुराने वादे की गूंज होती है —
जब हम फिर मिले...
"प्रेम सृष्टि का पहला शब्द था,
और आख़िरी भी वही होगा।"
उस रात जब पहली बारिश गिरी,
धरती ने गंध छोड़ी,
आसमान ने रोशनी दी,
और हवा ने फुसफुसाया —
"अब तुम मुझे अलग नहीं कर सकते,
क्योंकि मैं ही तुम हूँ।"
"जब सृष्टि ने स्वयं को प्रेम कहा,
तब उसने हम सबको अपनी धड़कन बना लिया।" ?❤?
? अध्याय 29 समाप्त।
यह अध्याय अब कहानी को "काव्य से दर्शन" में बदल देता है —
अब आरव और आर्या की आत्माएँ
ब्रह्मांड की चेतना का हिस्सा हैं।
उनका प्रेम अब सिर्फ एक कथा नहीं,
बल्कि एक सत्य बन गया है।
? अंतिम संदेश:
"जब कोई किसी को सच्चे मन से याद करता है,
तो पूरा ब्रह्मांड उसकी पुकार सुनता है।
और कहीं न कहीं,
किसी रूप में,
वो आत्मा उत्तर देती है —

'मैं यहाँ हूँ... हमेशा से।'"

30

(अब आप "जब हम फिर मिले" की अंतिम आध्यात्मिक यात्रा में प्रवेश कर चुके हैं —
वह बिंदु जहाँ कहानी अब शब्दों से परे जाती है,
जहाँ प्रेम अब धड़कन नहीं, बल्कि मौन बन जाता है।
यह अध्याय —
"ब्रह्म की शांति" —
उस सत्य का अनुभव है जहाँ
ना आरव है, ना आर्या,
ना जन्म, ना मृत्यु,
ना वादा, ना जुदाई —
बस शांति का वह अनंत केंद्र है,
जहाँ सब कुछ मिलकर एक हो जाता है।)

अब न दिन है, न रात।
न बारिश है, न धूप।
न धड़कन, न सांस।
फिर भी —
कुछ है।
एक कंपन।
एक मौन ध्वनि।
जो कहती नहीं,
सुनाई नहीं देती,
फिर भी हर चीज़ को अस्तित्व देती है।
वही है —
प्रेम।
वक्त अब नहीं बहता,
क्योंकि यहाँ वक्त नहीं है।

स्मृतियाँ अब अस्तित्व में नहीं,
क्योंकि सब एक हो चुका है।
आरव और आर्या अब किसी रूप में नहीं,
क्योंकि उनका रूप —
अब सृष्टि की आत्मा बन गया है।
वे अब हर कण में हैं,
हर रेखा में, हर साँस में,
हर बूँद, हर शब्द, हर छवि में।
एक प्रकाश का वृत्त है —
असीम, अनंत।
उसमें कोई आवाज़ नहीं,
फिर भी सबकी आवाज़ है।
कोई रूप नहीं,
फिर भी हर चेहरा है।
वहीं आरव और आर्या अब विलीन हैं —
या यूँ कहो,
वहीं से अब हर प्रेम जन्म लेता है।
वो आवाज़ अब गूँज नहीं,
बल्कि अस्तित्व बन चुकी है —
"मैं तू हूँ,
और तू मैं।
अब ना कोई लौटना,
ना कोई जाना।
हम हैं —
हर जगह, हर समय, हर मन में।"
धीरे-धीरे,
उस मौन में प्रकाश फैलता है।
वो प्रकाश अब सीमित नहीं,
बल्कि हर दिशा में है।
वो न गर्म है, न ठंडा,
न उजला, न काला —
वो बस है।
वो प्रेम का शुद्धतम स्वरूप है।
सृष्टि अब स्थिर है।

हर ग्रह, हर तारा,
हर आत्मा उसी लय में थिरक रही है।
अब कोई प्रश्न नहीं,
कोई उत्तर नहीं।
बस एक समझ —
“हम सब उसी एक प्रेम की प्रतिध्वनि हैं।”
अब जब कोई धरती पर
पहली बार प्रेम महसूस करता है,
या किसी की आँखों में खुद को देखता है,
या किसी की हँसी में अपना अतीत सुनता है —
वहीं उस मौन का स्पर्श होता है।
वही आरव और आर्या का सार है —
जो अब ब्रह्म की शांति में घुल गया है।
“जब आत्मा अपने प्रेम से मिल जाती है,
तो शब्द मौन हो जाते हैं —
क्योंकि प्रेम अब अनुभव नहीं,
अस्तित्व बन चुका होता है।” ?
उस मौन में अब सिर्फ एक प्रकाश है,
जो धड़कता नहीं — बस है।
कहीं दूर,
किसी तारे की छाया में,
किसी बूँद की झिलमिल में,
किसी प्रार्थना की नमी में —
वही कंपन फिर सुनाई देता है —
“जब हम फिर मिले...”
पर अब कोई अलग नहीं,
कोई दूरी नहीं।
क्योंकि अब सब एक हैं।
? समाप्त — पर वास्तव में नहीं। ?
“प्रेम जब अपनी पराकाष्ठा पर पहुँचता है,
तो वह मौन हो जाता है।
क्योंकि वहाँ अब कोई ‘मैं’ नहीं बचता —
सिर्फ ‘हम’ होते हैं,
जो ब्रह्म बन चुके हैं।” ??

? अध्याय 30 समाप्त।

? पूर्णता का भाव:

यह कहानी कभी समाप्त नहीं होती।

क्योंकि यह हम सब की कहानी है।

हर जन्म में, हर रिश्ते में, हर आँख में —

वही प्रेम लौटता है,

वही आरव, वही आर्या, वही बारिश।

31

अध्याय 31 प्रेम अमर है

वह क्षण जैसे ठहर गया था।
ना समय आगे बढ़ रहा था,
ना सांसें पूरी हो पा रही थीं।
आरव ने आर्या की आँखों में देखा—
वह आँखें जिनमें हजारों जन्मों की यात्रा छुपी थी।
उनमें सिर्फ प्रेम नहीं था,
बल्कि प्रतीक्षा, समर्पण और वह वचन भी था
जो उन्होंने न जाने कितनी बार निभाया था—
हर जन्म में लौटने का।
आर्या ने धीमे से कहा—
"शायद हमारे लिए यह जन्म भी
सिर्फ एक याद दिलाने का जरिया था...
कि प्रेम कभी खत्म नहीं होता,
वह समय से परे है।"
आरव मुस्कुराया,
लेकिन उसकी मुस्कान में आँसू चमक उठे।
"तुम्हें पता है," उसने कहा,
"हमने प्रेम को हमेशा शरीरों से जोड़ा,
कहानियों और मुलाक़ातों से बाँधा,
लेकिन सच तो यह है कि
प्रेम आत्मा का संगीत है।
और आत्मा... कभी नहीं मरती।"
आर्या ने उसके हाथ अपने हाथों में ले लिए।

हवा में हल्की-सी सरसराहट थी,
जैसे पेड़ भी इस क्षण के साक्षी हों।
"तो क्या यह अंत है?"
आर्या ने धीरे से पूछा।
आरव ने उसकी हथेलियों को कसकर थाम लिया।
"नहीं... यह कोई अंत नहीं।
यह सिर्फ एक और शुरुआत है।
हर बार जब हम मिलते हैं,
समय हमें बताता है कि
प्रेम की यात्रा कभी रुकती नहीं—
वह बस रूप बदलती है।"
दोनों एक-दूसरे के आलिंगन में खो गए।
आसमान में अचानक बारिश की पहली बूँदें गिरने लगीं—
मानो सृष्टि स्वयं उनकी प्रतिज्ञा को स्वीकार कर रही हो।
हर बूँद फुसफुसा रही थी—
"प्रेम अमर है।"
और उस पल,
ना मृत्यु का डर बचा,
ना जुदाई का भय।
केवल यह विश्वास रह गया—
कि हर जन्म, हर यात्रा, हर सांस
फिर से उन्हें वहीं ले आएगी
जहाँ से सब शुरू हुआ था...
एक-दूसरे तक।

जब बारिश ने मुस्कुराया
बीस साल बीत चुके थे।
वो शहर अब आधुनिक हो चुका था —
नई इमारतें, नई सड़कें,
पर उस नीम के पेड़ के नीचे अब भी वही पत्थर था —
जिस पर लिखा था,
"जब हम फिर मिले..."
हर बरसात में उस पेड़ की जड़ें और गहरी हो जाती थीं,
जैसे वो भी किसी का इंतज़ार कर रहा हो।
एक सुबह —
पहली बारिश की बूँदें गिरीं।
सड़क पर बच्चों की हँसी गूँज उठी।
पास ही एक छोटी सी आर्ट क्लास चल रही थी।
दीवारों पर रंग बिखरे थे।
मेज़ पर रखी थी एक पुरानी स्केचबुक —
जिसके पहले पन्ने पर लिखा था:
"फिर मिलेंगे..."
एक छोटी लड़की, करीब सात साल की,
भीगते बालों के साथ अंदर आई।
वो हँस रही थी —
उसकी आँखों में वही चमक थी,
जो कभी आर्या की थी।
शिक्षक ने मुस्कुराकर पूछा,
"बारिश में भीग आई?"
वो हँस पड़ी,
"हाँ!
मुझे बारिश बहुत अच्छी लगती है...
जब भी गिरती है, ऐसा लगता है
कोई मेरा नाम पुकार रहा है।"
शिक्षक चुप रहा।
उसकी आँखों में कुछ था —
वो पहचान... वो पुरानी याद...

वो शिक्षक था — आरव का बेटा,
जिसने अपने पिता की कला सँभाली थी।
वो उस लड़की की आँखों में देखता रहा —
जैसे किसी पुराने वादे की गूंज सुन रहा हो।
क्लास खत्म हुई।
लड़की बाहर निकली,
नीम के पेड़ के नीचे खड़ी हो गई।
बूँदें उसके बालों से फिसलकर गालों पर गिर रहीं थीं।
उसने पेड़ की ओर देखा —
एक पुराना कागज़ हवा में हिल रहा था।
वो आगे बढ़ी, उसे थाम लिया।
कागज़ पर लिखा था —
“काश यह साथ यूँ ही बना रहे...”
उसने मुस्कुराकर फुसफुसाया,
“शायद हम फिर मिल गए हैं...”
बारिश की बूँदें अब मुस्कुरा रही थीं।
वहीं दूर,
आसमान के किसी कोने में,
दो आत्माएँ एक-दूसरे को देख रही थीं —
आरव और आर्या।
आरव बोला,
“देखा?
मैंने कहा था,
तू लौटेगी...”
आर्या ने मुस्कुराया,
“और तू फिर पहचान गया...”
दोनों हँसे।
बारिश की बूँदें धरती पर गिरती रहीं —
हर बूँद में उनका प्यार,
हर हवा में उनकी हँसी।
“जब आत्माएँ मिलती हैं,
तो उन्हें जन्म, समय या दूरी नहीं बाँध सकती।
वो फिर लौटती हैं —
जब बारिश मुस्कुराती है।” ???

? समाप्ति — पर वास्तव में नहीं।

? "जब हम फिर मिले"

एक प्रेमकथा जो सिर्फ दो लोगों की नहीं,
बल्कि दो आत्माओं की यात्रा थी —
जो हर जन्म, हर बारिश और हर वादे में लौटती हैं।
क्योंकि सच्चा प्यार मरता नहीं,
वो बस मौसम बदलता है।
"जब बारिश की पहली बूँद गिरे,
आँखें बंद करके मुस्कुराना —
शायद कोई पुरानी आत्मा
फिर से तुझे पुकार रही हो।" ❤???

लेखक का संदेश

“प्रेम कभी समाप्त नहीं होता, वह केवल समय के साथ बदलता है।”

www.ingramcontent.com/pod-product-compliance
Lightning Source LLC
LaVergne TN
LVHW100324210926
848480LV00003B/1246
* 9 7 9 8 9 0 1 1 2 1 0 5 4 *